AF405766

SE HACE DE NOCHE
METAMORFOSIS COMPLETA

Greyshut

Greyshut
Se hace de noche : metamorfosis completa / Greyshut;
Ilustrado por Greyshut ; Prólogo de Dino Poltronieri.
- 1a ed. - Escobar : Uuirto, 2025.
164 p. : il. ; 20 x 13 cm.

ISBN 978-631-90960-0-2

1. Narrativa Argentina. I. Greyshut, ilus. II.
Poltronieri,
Dino, prolog. III. Título.
  CDD A860

Diseño de tapa Mattos Roberto

Quedan hechos los depósitos que previenen las
leyes 11723 y 23412
Impreso en el mes de marzo de 2025
en Docuprint,
Panamericana km 37.5, ramal Escobar,
Parque Industrial Garín,
Lote 3, Pcia de Bs. As.

A ustedes dos:
A ella, que hizo posible esta publicación
A él, que me animó a soñar en grande

Índice

Prólogo

¿Cómo se conecta la mitología griega con el manga y el animé japonés? ¿Cómo se llega de Mozart a Charly García, al Pity Álvarez, a Falling in Reverse? ¿Dónde se encuentra el nexo entre *El último tango en París* y *Lilo & Stitch*? ¿Qué tienen en común autores clásicos como Goethe, Poe o Baudelaire con los contemporáneos Yoshikazu Takeuchi y Ariadna Castellarnau? El libro que tenés en tus manos (o en tu pantalla) puede ser la respuesta a estas preguntas. En su ópera prima, Greyshut, una joven escritora mendocina, vuelca y resignifica su extenso bagaje cultural, dotando a *Se hace de noche* de una riqueza de matices y referencias literarias que invitan a explorar nuevos (¿y viejos?) universos.

¿Novela? ¿Cuentos? ¿Ambas cosas? Al estilo de *Las mil y una noches*, estamos frente a un texto que incluye una variedad de relatos enmarcados en una historia principal. Aquí los pasajes entre la realidad y la fantasía son sutiles. A veces, invisibles. La imaginación del personaje principal se asemeja a la de Walter Mitty, el protagonista del famoso cuento de James Thurber. El tiempo pasa mientras él se abstrae de lo que lo rodea y se sumerge en la fantasía. La presencia de la violencia, el regocijo en la violencia, la juventud de esa violencia remiten a *La naranja mecánica*. La dificultad de un joven muy particular para insertarse en la sociedad nos hace pensar en *The catcher in the Rye*.

El narrador es un estudiante universitario que debe llegar a tiempo desde la facultad a la casa de su novia. Afuera cae la noche y, mientras diferentes obstáculos cotidianos complican su objetivo, somos testigos de un monólogo interior de tinte reflexivo, incluso filosófico, que muestra una personalidad engreída, sarcástica, cobarde, violenta. Greyshut crea una voz propia y dinámica mediante un registro original que mezcla lo coloquial con voces que provienen del riquísimo océano literario en el que abreva.

La acción y el monólogo interior se ven interrumpidos una y otra vez por la frondosa imaginación del protagonista, que se evade de la realidad creando historias inspiradas por hechos triviales. Las historias que la imaginación le dicta son terroríficas, desagradables, violentas, crueles, perturbadoras. En un *crescendo* vertiginoso, la imaginación parece confundirse con la realidad.

Se hace de noche es una novela corta que se inscribe en una corriente literaria nacida en las redes. Es el grito de una estética transgresora, la huella de una cultura joven que no teme explorar los límites entre la belleza y el horror. Una historia que no dejará indiferente a quien la lea.

DINO POLTRONIERI

Yumiko miraba al poniente cielo, donde el rojo lentamente consumía al azul.

Perfect Blue: Complete Metamorphosis
de YOSHIKAZU TAKEUCHI´S

3

El ánimo me lleva a decir cómo fueron cambiadas las formas hasta resultar nuevos cuerpos. ¡Inspirad, oh dioses, mis proyectos, pues vosotros transformasteis también los que yo tenía, y sacad de ellos, ininterrumpido desde el primer origen del mundo hasta mis tiempos, un armónico poema!

Las metamorfosis, de PUBLIO OVIDIO NASÓN
Traducción de José Manuel García de la
Mora, 1964, Editorial Vergara, Barcelona

Un miércoles habitual

Se hace de noche y tengo que llegar a la casa de mi novia. Perdido en esta inmensa biblioteca, no he reparado en la hora, pero la visión de estudiantes enfocados en guardar los cuadernos y las *notebooks* en las mochilas me hace creer que es tarde. He recorrido durante un buen rato los estantes de arriba abajo y, todavía, no encuentro un libro decente para leer. Son todos demasiado antiguos y destartalados, con el pensamiento petrificado de otras épocas, con el vocabulario elevado típico de verdaderos intelectuales estudiados que se burlan de nuestra generación de burros. No hay nada actual. Saco uno de los más rotos que veo. De cuero finísimo desgarrado, color ladrillo y decorado con dorado, está comido por sectores, el cartón es maleable por la humedad. Lo sujeto con cuidado, pues las hojas están sueltas y no quiero que me acusen de tratar mal a una de las copias más preciadas del lugar. Salto la introducción y voy directo al primer párrafo.

—El ánimo me lleva a decir cómo fueron…

—¡Es hermoso! —Sonríe— Un clásico de los clásicos.

Es la encargada de la biblioteca, una mujer con una pasa de uva como rostro que nunca es amable ni dulce y que, por primera vez, la veo mostrar una pizca de alegría. La miro con asco.

—Dígalo por usted. Para mí, es demasiado anticuado.

—¿Y para qué estás estudiando en esta facultad?

—Prefiero los gusanos —le respondo, a sabiendas de que ella no entenderá la referencia de un nuevo clásico por estar atrapada en la literatura de otros tiempos y que se ofenderá por mi descortesía. Se lo merece, por vieja malhumorada. Vuelvo a colocar el ejemplar en el estante y huyo a toda prisa de allí, sin darle tiempo de replicar. No quiero interactuar más de lo necesario con ella. Está bien que me guste ser sarcástico, pero también soy un cobarde para las discusiones y, por eso, huyo. A mis espaldas, se oye el grito de otra de las encargadas al notificar los últimos veinte minutos de uso del espacio.

Reviso mi celular y sí, es tarde. Son las ocho y cuarenta. ¡Estupendo! Perdí el ómnibus de las menos cuarto. Ahora, no me queda otra que esperar hasta las nueve para, con la más grande de las suertes, conseguir unos veinte centímetros de espacio dentro del doscientos diez que me lleva a la calle del Tomba. Aunque, lo dudo. Todo el mundo se sube, porque todo el mundo necesita llegar a calles transitadas, donde existen más medios de transporte y más posibilidades de aterrizar en casa. No como aquí, este espacio desolado, oscuro y rodeado de un falso bosque que pretende actuar como un pequeño pulmón para la ciudad y al que solo llegan tres tipos de ómnibus: el cuatrocientos cincuenta, el ochocientos cinco y el mío. Esas son las consecuencias de haber convertido este espacio en un lugar para eventos grandes como la Vendimia y en un centro de producción y divulgación de conocimientos como son las universidades. Es decir, en palabras fáciles, nadie se acuerda de nosotros, a menos que suceda algo grande.

Dejo de lado mis quejas y opto por buscar una solución que me evite tanto morir asfixiado en el ómnibus como morir abducido por los fantasmas de la morgue de la Facultad de Medicina mientras espero hasta quién sabe qué hora en la parada. Saldría, entonces, por la parte trasera y desandaría la rotonda del circuito universitario hasta llegar a la entrada del parque. Allí, bajaría una distancia prudente para instalarme en una de las paradas obligatorias que los buses deben recorrer antes de llegar a las facultades. Un plan maravilloso. Asientos vacíos, aire puro, buen humor del chofer y, lo mejor de todo, la oportunidad de ver a las fieras luchar entre sí por entrar en un espacio tan estrecho. A los empujones y a los arañazos, en equilibrio entre el amontonamiento de cuerpos sudorosos y con diez manos y diez ojos que cuiden los objetos personales de ser robados por los propios compañeros. Un paisaje de lo más placentero, diría yo.

Además, en esto de subir la rotonda por segunda vez para volver a bajarla, ganaría unos minutos extra de ocio. Los únicos que, en todo el día, me puedo regalar para distraerme del ambiente universitario y todo el pensamiento estructurado. Un instante dorado, de inspiración, donde puedo dar rienda suelta a mi imaginación y crear alocadas historias a mi antojo. Eso, obvio, y el beneficio de llegar a tiempo a la casa de mi novia. Una promesa que, luego, ella va a recompensar con una deliciosa cena casera y un todavía más delicioso postre para la sobremesa. Debería, entonces, pasar por la farmacia antes de tomarme el segundo ómnibus. Así, me aseguro de estar equipado para los siguientes tres miércoles. Una costumbre que hemos adquirido desde que sus padres decidieron esa noche para desaparecer por completo. Cuando la conocí eran los viernes. Con el cambio de año, eligieron a mitad de semana.

En un inicio, yo estaba preocupado por ese extraño hábito, pero ella me dijo que toda la vida había sido igual. Llegaba una determinada noche en que se iban, en silencio, sin avisarle y sin arrancar el auto, sin dejar una nota explicativa sobre el asunto pegada a la heladera o sin permitirle seguir el rastro por la calle, pues se llevaban las llaves. Tampoco soltaban ninguna información si ella les preguntaba. De niña se asustaba mucho, temía que la hubieran abandonado, a pesar de que a la mañana siguiente siempre regresaran como si nada hubiera pasado. Con el tiempo, se acostumbró. Ya era algo usual en ellos desaparecerse por cincuenta y dos noches al año, lo que le llevó a perder el miedo y aprender a usar esas noches para ella. Seguro que con los otros salientes repitió esta misma rutina, pero ninguno duró tanto como yo, su primer novio. Ella, sin embargo, es para mí la tercera oficial y la más impredecible de las tres. Idéntica a sus padres, la única constancia son los miércoles a la noche. El resto… nunca un día es igual a otro.

La ropa

Me recuerdo que se está haciendo de noche y dispongo de mis energías para salir de la biblioteca cuando, esta vez, enfrente de mi rostro, recibo el grito de la otra encargada con el pedido de que abandone el lugar. Ya me voy, no sea tan ansiosa, por favor. Así como usted quiere irse a su casa a ver *Netflix* en soledad mientras cena, yo también quiero irme a la casa de mi novia a ver *Netflix* como pareja, si es que me entiende. No obstante, como bien sé que ella no comprenderá mis palabras y que yo tampoco la pondré a prueba, solo asiento con una sonrisa apretada y salgo. El choque contra la atmósfera exterior me hace retroceder un par de centímetros. Siento cómo una ola de calor asfixiante me atraviesa y se lleva consigo toda la frescura del aire acondicionado que había conseguido allí dentro. Es mediados de noviembre y nos derretimos.

Unas lindas chicas con vestido pasan frente a mí. Se ven tan sueltas y aireadas, totalmente lo opuesto a dos conocidos que van unos pasos más adelante. Sus nucas brillan a causa del sudor, los cabellos carecen de movimiento y esos *jeans* largos delatan sus preferencias por sufrir el fuego de la primavera antes que la vergüenza de mostrar las piernas peludas. Hombres, dirían, está en nuestra sangre ser así. Bajo la mirada y descubro que es cierto, estoy vestido de la misma manera. Olvido el asunto y empiezo a seguirlos por el pasillo hasta alcanzar las puertas de vidrio del lado izquierdo. Doblo por ahí. Camino unos metros hasta dar con el balcón del segundo piso. Apenas me asomo y una sensación pegajosa se adhiere a mí. Es la humedad, con razón, y las nubes en el cielo presagian aún más lluvias cálidas.

En pos de desandar el camino rumbo a la escalera de salida, me detengo un momento para oír la clase que reciben los bisoños en el aula más próxima a las puertas de vidrio. Es una de las grandes, destinada a las materias multitudinarias de los primeros años. La profesora, cuyo tono de voz resuena en todo el piso, y sus divertidas clases tienden a ser las más queridas por los alumnos. Sin demasiada discreción, me asomo por una estrecha abertura que permite la puerta semiabierta y curioseo el interior. Atornillado en la pared, el televisor muestra la reproducción de un episodio de Los Simpson. Inmediatamente, identifico el tema de la clase y, raro en mí, sonrío de nostalgia. Todavía la recuerdo como si fuera ayer, a pesar de que hayan transcurrido siete años desde entonces.

El poeta elegido es Poe y *nazin mor*, pues de lo único que habló la profesora en esa clase fue del autor y muchas palabras terminadas con *mor* que rimaban y era gracioso repetir sin sentido. El audio en inglés del episodio lo volvía más cómico, igual que la aberrante actuación de Homero que desacreditaba toda la seriedad del narrador. Escucho la voz de Lisa iniciar el relato y me debato entre si seguir camino y llegar a tiempo a la parada del ómnibus ubicada en el parque o si disfrutar nuevamente del fragmento y trotar hasta el lugar bajo la espesa humedad del ambiente. No logro decidirme. Las carcajadas de los pequeños frente a los gritos de Homero me complican la elección. Reconozco cada sonido y cada terminación, pero *nazin mor*. Veo el cielo oscuro al fondo y noto que se hace de noche más rápido que lo que tardo en averiguar el significado de *never mor* y escojo ir tras el amor y *nazin mor*.

Con una gigantesca resignación, cruzo las puertas de vidrio y retomo el pasillo por el que había comenzado a seguir a las chicas de vestido. Continúo hasta el final, donde una ancha escalera me espera y desciendo a velocidad. Pienso en mi deuda con la materia y con Poe, ya que nunca leí la traducción del poema ni nunca profundicé en ninguno de sus rasgos característicos como lo son la musicalidad del lenguaje o el tratamiento de la atmósfera, aspectos que la profesora insistió en que analizáramos por nuestra cuenta. Tampoco descifré del todo la simbología tras la figura del cuervo. Sin embargo, el hecho de recordar esta historia despierta en mí la inspiración de crear una nueva. Una narración en que el objeto que represente el dolor sea mudo y con solo su visión baste para agudizar la tortura psicológica del personaje.

Sea, entonces, un conjunto deportivo de un *jogging* ancho, manchado con lavandina en la pierna derecha y una camiseta estirada, maloliente, que combina con las zapatillas igual de olorosas y sin suela que exudan tierra por cada uno de los poros agujereados en la tela de avión. Las dos primeras prendas son negras para ocultar las manchas de sudor en las zonas más conflictivas de toda dama. No obstante, es sencillo de notar cuán inapropiadas son para el propósito que les han impuesto. En sus orígenes, fueron pensadas para ser caseras, no deportivas. Los tejidos son débiles a la hora de absorber las abundantes gotas saladas que las humedecen y, como consecuencia, permanecen en continua lucha hasta el siguiente día. El resultado es un aroma incómodo para quienes acercan sus fosas nasales. Ese *jogging* y esa camiseta son mi mayor vergüenza.

Sea, entonces, que las zapatillas fabricadas con tecnología especial para soportar hartos pesos de barras y largas corridas en la cinta son inútiles para cumplir su función. Se deslizan, chocan con brutalidad, desestabilizan la planta del pie y más. Ellas, que sí fueron creadas con un objetivo claro en sus vidas, eligen contradecir los designios de su dios y cambiar de género. Ya actúan como jovencitas temerosas de los trabajos pesados e imponen resistencia al herir los dedos del pie, cuando son forzadas a moverse en direcciones opuestas a sus deseos. Tampoco absorben las partículas de polvo ni de transpiración, sino que las vomitan cada vez que se les presenta la ocasión. De esa forma, se burlan de la dueña y arruinan su figura pública. Igual que las otras prendas, alejan a los entrometidos. Esas zapatillas son mi mayor vergüenza.

Sea, entonces, que dicha ropa conforma una imagen pública de la denigración y humillación que padecí durante toda mi juventud. La débil, la fea, la sucia, la inadaptada social, la tonta, la pobretona que no tiene dinero suficiente para comprar ni un sencillo conjunto deportivo ni unas zapatillas propias, sino que todas esas prendas las ha ido recolectando de la caridad de conocidos. No sabe pegarle a la pelota, no sabe esquivarla y llora si la tocan. El profesor se ha cansado ya de transportarla en brazos a la enfermería cada vez que tropieza con sus propios pies y cae de tan mala forma que se esguinza como si nada. Es reconocida, además, como "la desangrada", pues siempre mancha algo con sangre, sea el suelo, la campera del docente o los lavamanos del baño.

Incluso, las paredes tienen rastros de ella. Esa ropa y ese calzado son mi mayor vergüenza.

Sea, entonces, que esas telas lo delatan todo, como el acusado cuando se ve acorralado por la evidencia o como el prisionero cuando sus torturadores le empiezan a arrancar las uñas. Son el estandarte del bando enemigo alzado en símbolo de victoria después de la batalla y yo, la derrotada, me inclino ante su poder. Cuelgan del antiguo perchero que heredé de mis bisabuelos, a un lado de la repisa flotante que instalé encima de la puerta de entrada, donde descansa la estatuilla de mi preciada Diana, diosa cazadora y virgen. La hice yo misma con masa de sal y la pinté con las témperas de mis primitas. Es pequeña, pero valiosa. El único consuelo en esta ferrosa edad de la violencia y la única persona que no me juzga ni me remite a los malos recuerdos, las pesadillas de la vigilia o los momentos vergonzosos de los que no puedo huir.

Hay otras cosas, aparte de ese conjunto, que son mi mayor vergüenza.

La ropa en el perchero me oye lloriquear de la vergüenza que siento por no haber tenido nunca el dinero suficiente para disfrutar de esos lujos básicos de cualquier persona normal. Jamás un cumpleañitos en el cine ni una pijamada en la terraza de mi casa de vacaciones ni competir en el *Just Dance* con mis hermanitos. Jamás un cuaderno de matemáticas nuevo cada año ni un uniforme entallado ni participar en las rifas de tortas por no poder comprar los numeritos. Tampoco las salidas colegiales fueron hechas para mí. Carlos Paz, Malargüe, Buenos Aires, Bariloche son anécdotas perdidas para la niña del C7. Esa cuyos padres viven en el colegio, ya sea disculpándose por no tener los medios necesarios para colaborar con la Cooperadora o por no ser capaces de aportar afiches y papel higiénico a las reservas del aula. Ser pobre es mi mayor vergüenza.

Con una torcida sonrisa, el conjunto deportivo se burla de mí. Con un grito mudo, vocifera: "¡Vergüenza! ¡Vergüenza! ¡Consúmete en esa vergüenza!".

La ropa en el perchero me oye lloriquear de la vergüenza que siento por nunca haberme alejado más de cinco kilómetros de mi casa ni haber viajado jamás a destinos turísticos comunes ni a países de ensueño como todo el mundo ha hecho. Soy una extranjera en mi propia ciudad. No conozco ese parque con calesita en el que se jugaba de niños ni esa pileta comunitaria en la que se contagiaban de piojos. Soy una extranjera en mi propia provincia. Nunca fui a ese puente de piedra amarilla ni me arrojé de lo alto de las montañas nevadas. Soy una extranjera en mi propio país. No sé dónde se ubica ese famoso norte caluroso ni dónde se pueden ver los pingüinos. Vivo perdida en la ignorancia, pues mis padres nunca tuvieron el dinero ni los deseos de arruinarse más para que pudiéramos viajar. Ser ignorante es mi mayor vergüenza.

Con una torcida sonrisa, el conjunto deportivo se burla de mí. Con un grito mudo, vocifera: "¡Vergüenza! ¡Vergüenza! ¡Consúmete en esa vergüenza!".

La ropa en el perchero me oye lloriquear de la vergüenza que siento por la persona precavida y tacaña en que me he convertido, a causa de cuidar en demasía lo poco que poseo. Cada grano de arroz que llega a la mesa es una bendición, por eso, debe comerse con el debido respeto que se merece. Es un pecado la mala cocción y no se desecha si sobra. Los días de carne al año se cuentan con los dedos de una mano, pero siempre debe agradecerse la compra de un paquete de harina que tira para todo el mes. Los bienes escolares tampoco se desperdician. No se rayan más hojas de las requeridas ni se gasta el corrector en dibujar sobre los bancos. La mochila no se zarandea porque los tirantes se gastan ni se juega con el cierre porque la deslizadera se rompe. Solo una gota de plasticola basta para pegar las fotocopias. Ser miserable es mi mayor vergüenza.

Con una torcida sonrisa, el conjunto deportivo se burla de mí. Con un grito mudo, vocifera: "¡Vergüenza! ¡Vergüenza! ¡Consúmete en esa vergüenza!".

La ropa en el perchero me oye lloriquear de la vergüenza que siento por trabajar en el kiosco del hermano de mi profesor de Educación Física. Un hombre de lo más desagradable en cuanto a personalidad se refiere, pero de lo más dulce de corazón al emplearme al ser menor de edad. Cada producto que logre vender en las cuatro horas que estoy ahí, sean unos caramelos o una soda es ganancia mía. Con el ahorro de aquellos pocos pesos, logro darme algunos gustitos como comprarme una lapicera de color o un cepillo de dientes cada tanto. En los días de suerte, me alcanza para una medialuna de almuerzo. Sin embargo, mis ventas son nulas la mayoría de las veces, a excepción de las esporádicas visitas de mi profesor. Sucede que el negocio se ubica en un barrio poco visitado, dada la peligrosidad de sus vecinos. Trabajar por contactos es mi mayor vergüenza.

Con una torcida sonrisa, el conjunto deportivo se burla de mí. Con un grito mudo, vocifera:

"¡Vergüenza! ¡Vergüenza! ¡Consúmete en esa vergüenza!".

La ropa en el perchero me oye lloriquear de la vergüenza que siento por ser una persona consumida por el odio. Detesto a mis padres, a mis compañeros y a cualquiera que me mire con pena y misericordia. Desprecio a la gente de la Iglesia que viene a traernos sus desechos, llamados "colaboraciones". Aborrezco mi pobreza desde que tengo memoria y no paro de escupir desoladores lamentos al cielo y de increpar a la vida por haberme puesto en tan desgraciada familia. Maldigo a mis castigadores, en especial a mi verdugo, y hago promesas tan absurdas como que oprimiré mis puños contra el cemento hasta desgarrarme la carne y llenaré los océanos con lágrimas si fuera posible deshacerme de ellos. No obstante, lo único que logro con esos pensamientos es hundirme en un profundo pozo de desesperación. Ser débil es mi mayor vergüenza.

Con una torcida sonrisa, el conjunto deportivo se burla de mí. Con un grito mudo, vocifera: "¡Vergüenza! ¡Vergüenza! ¡Consúmete en esa vergüenza!".

La ropa en el perchero me oye lloriquear de la vergüenza que siento por haberme tajado tanto los brazos que estoy incapacitada de vestirme con remeras o musculosas. Las heridas ya no conocen lo que es la cicatrización, sino que permanecen abiertas y a la espera de recibir a su compañera de metal. El agua y el jabón son mis únicos desinfectantes, ya que nunca hubo dinero suficiente para desperdiciarlo en litros de alcohol o en kilos de algodón para absorber la sangre de todos los meses. Sobre las vendas, una vez las conseguí baratas en una farmacia. Ahora, las lavo a diario y me fabrico otras con las telas de las chombas que me donan y no puedo utilizar. Empleo elastiquines para cortar el sangrado y para evitar el derrame de la evidencia. Últimamente, mis objetivos han sido los muslos. Ser una adicta al dolor es mi mayor vergüenza.

Con una torcida sonrisa, el conjunto deportivo se burla de mí. Con un grito mudo, vocifera: "¡Vergüenza! ¡Vergüenza! ¡Consúmete en esa vergüenza!".

La ropa en el perchero me oye lloriquear de la vergüenza que siento por poseer la fragilidad de un globo que explota en llanto frente a cualquier contacto físico y los instintos de supervivencia de un hielo. Me petrifico ante su presencia, me dejo cargar sin oponer resistencia. Soy una *Venus* desnuda sin brazos aptos para defenderse, sin fuerzas con las que combatir el aprisionamiento contra la pared del baño. Sangro por todas partes, de arriba, de abajo, de las cortaduras y de los desgarros de piel. Sudo, además, a montones. La camiseta y el *jogging* se me humedecen, al igual que el cabello. No es mi olor a suciedad el que se mantiene hasta el día siguiente, sino el suyo. La tierra en las zapatillas tampoco es mía, sino que proviene de sus suelas cuando me pisa para inmovilizarme. Ser como Calisto y haber ofendido a Diana es mi mayor vergüenza.

Con una torcida sonrisa, el conjunto deportivo se burla de mí. Con un grito mudo, vocifera: "¡Vergüenza! ¡Vergüenza! ¡Consúmete en esa vergüenza!".

—Tienes razón… —susurro para mí. Tienes toda la razón, toda toda la razón. Alzo la mirada hacia la ropa colgada en el perchero. Se ve imponente desde mi lugar, arrodillada a sus pies igual que un vasallo frente al señor feudal. Lo único que nos diferencia es que yo no le juro fidelidad, yo lo quiero matar por haber roto la fidelidad que le había prometido a mi preciada Diana. ¡Pero no puedo! Soy débil y tonta y…

— ¡Vergüenza! ¡Vergüenza! ¡Consúmete en esa vergüenza!

—¡Cállate! ¡Cállate! Ya te dije que tenías razón. —Me agarro de los cabellos con desesperación. Tiro de ellos con fuerza, pero no me duele. No es suficiente dolor para lo que estoy acostumbrada. Debería ir a buscar el cuchi…

—¡Vergüenza! ¡Vergüenza! ¡Consúmete en esa vergüenza!

—¡Bastaaaa! —Me pone nerviosa escuchar su voz una y otra vez, al repetir lo mismo. Es solo ropa en un perchero, no es él. No es él.

—¡Vergüenza! ¡Vergüenza! ¡Consúmete en esa vergüenza!

—¡Yaaa! ¡Detente! ¿No ves que ya no aguanto? ¿No ves que me estás enloqueciendo?

—¡Vergüenza! ¡Vergüenza! ¡Consúmete en esa vergüenza!

Comienzo a gritar sin control

—¿Eso quieres? ¿Es eso realmente lo que quieres? ¡Entonces, lo tendrás!

Me levanto de un salto y manoteo las prendas del perchero. Me las coloco encima de las que ya tenía. Mis fosas nasales se colman de su aroma, mis ojos se bañan con lágrimas de otro tiempo y mis oídos se aturden con los bulliciosos recuerdos. No puedo más, no puedo más. Es muy doloroso volver a usar esta ropa. Me hiere, me lastima en lo más profundo de mi vergüenza. Intento quitármela al instante y, sin embargo, no lo consigo. Está más ajustada que cuando me la puse. Siento mis senos aplanados por la camisa talle cincuenta y mis nalgas comprimidas por la costura del *jogging*. Incluso, percibo cómo esta empieza a enterrarse entre medio de ambas. Me incomoda la estrechez de mi cuerpo y trato de sacármela con más ansia. No puedo. No encuentro ya los bordes, dado que la tela se unió en una sola pieza sin ningún cierre de escape.

Una apremiante angustia comienza a nacer en mi pecho, como consecuencia de la incipiente inmovilidad que observo en mis extremidades. El flexionar el codo me corta la circulación y no puedo arrodillarme. Caigo de espaldas al suelo, dura como una tabla. A continuación, viene la sangre. El borde de la camiseta me lastima el cuello y mis muñecas sangran al igual que los tobillos. Tiemblo del dolor al sentir mis pantalones mojados en la parte más íntima. Este tipo de desgarro de piel es peor que el otro. Mi torso se contrae y la respiración apenas llega a los pulmones. Lo más doloroso llega con las zapatillas que, si en un principio presionaron las uñas contra mi carne, ahora reducen el espacio de los dedos hasta emprender una lucha de resistencia contra los huesos. Ya veo borroso, ya sangro de todos lados, ya escucho el crujir de las fracturas.

La tortura es insoportable, pero comprensible. Si la vergüenza fue el motor de mi vida, es justo que sea el de la muerte. Me consumiré con ella.

El duende

Se hace de noche y acelero el paso. Rápidamente, llego al primer piso, donde me veo frenado por un grupo de diez personas que ocupan todo el ancho de la escalera. Los observo bien y descubro que son estudiantes, como yo y como el noventa por ciento de la gente en esta facultad. La sencillez e informalidad de sus ropajes y la postura encorvada junto con la cabeza gacha los delata. Es una realidad. Somos así de alumnos. Nos sentimos pequeños y escondemos la mirada atrás de los libros. No sabemos qué contestar y, al instante, alzamos los hombros, una respuesta muda a causa del miedo que nos posee a la hora de alzar la voz. Recibimos regaños, deliradas, basureadas y, sin embargo, sonreímos mucho, disfrutamos del aire universitario y nos entusiasmamos con los nuevos contenidos. Somos tontos e ingenuos, eso está claro. Aunque aquello queda mejor expuesto en los jóvenes de la escalera. No son tan bisoños como los otros del aula, pero se nota que apenas cargan con dos años de haber terminado la secundaria. Dan pena.

No me toma ni cinco segundos identificar la clase de subyugados que son. Hay dos pistas clave. La primera de ellas, como ya dije, es la imagen de jovencitos estresados que manifiestan, con los apuntes y el termo sobre las manos. Yo, en algún punto, estuve en la misma posición. Corría por todo el edificio con tal de llegar a horario a las clases y cumplir con cada una de las miles de exigencias que me suministraban las miles de materias en las que me inscribía. Después de un tiempo, me cansé y perdí la energía de esos días. La segunda pista es el tema de la conversación. Yo también leí al *verde que te quiero verde* y fui interrogado por *el cuello del gran cisne blanco*. No obstante, la buena estima que le tenía al profesor se esfumó de golpe tras oírlo burlarse de nosotros por no haber descifrado, a la primera, que eso era un estómago. Al parecer, a ellos tampoco les simpatizó el chiste. Uno imita su forma de hablar y otro se queja de no haber entendido nada.

Retrocedo. Me posiciono en el vértice que se forma entre la pared del descanso y la que desciende. Meto la panza y hasta aguanto la respiración para usar el menor espacio posible y darles el paso. Ellos comienzan a subir muy pero muy lentamente. Ni siquiera notan mi presencia. Están demasiado preocupados en ellos mismos y en la ajetreada conversación. Pienso en que se está haciendo de noche y en que me encantaría que colaborasen conmigo y se hiciesen a un lado o apresurasen el paso. Sin embargo, se quedan ahí, detenidos a medio camino. Entre chiste y chiste, se pasan el mate y le llega hasta el de abajo. A una, se le caen los papeles. Cinco manos innecesarias bajan a recoger las cuatro hojas rayadas. Como resultado, yo recibo el empuje de los traseros elevados a la altura de mis muslos. Se ríen y continúan la subida. Mientras tanto, yo permanezco quieto y en silencio. Oigo el timbre de las nueve menos diez. Se hace de noche muy rápido.

Odio que actúen como si la escalera les perteneciera y nadie, aparte de ellos, los verdaderos estudiantes en todo el edificio, tuviera la necesidad de transitarla. Gente atrasada como yo debe de hacerse a un lado, dejar la alfombra roja limpia a los pies de la generación más aplicada en años y la que, realmente, merece la compasión del mundo. Creen ser las únicas víctimas del sistema educativo, de la mala organización de los planes de estudio y de la supuesta presión social de los veinte años que reciben de sus padres. Por eso, bajo la lógica de que al esclavo que trabaja duro no se lo azota nunca ni se le pide que duplique sus esfuerzos, estiman que, si estudian hasta morir y llevan la carrera al día, la vida les será fácil. Es lo justo. Todo trabajo conlleva una recompensa y toda hora de estudio, un examen aprobado. Una perfecta estupidez. Una lógica que solo los niños con demasiado *Disney* encima aceptarían.

La realidad es distinta. No es un camino lineal. No porque te esfuerces en todo lo que haces, recibirás una medalla de oro que reconozca tu constancia o un premio de consuelo por el intento. La vida es injusta. El trabajador, a menudo, es pisado y el lelo que sobrevivió de suerte es galardonado. Debido a que el primero desperdició el tiempo al esperar una compensación justa por sus magníficos resultados y el segundo le buscó la salida fácil a cada obstáculo, con lo que logró superar al otro. Ahora, quien está de viaje por Europa y con un trabajo increíble es el lelo. El mundo funciona así. A los profesores y personas en general no les interesa el proceso, sino el resultado. No eres nadie mientras saques materias en la facultad, lleves o no la carrera al día, seas un bruto o un genio. La gente solo notará tu presencia cuando traigas el título bajo el brazo y, para ello, los de administración se fijarán si tienes todas las asignaturas aprobadas, sin importar la cantidad de veces que las rendiste o recursaste.

En definitiva, el esfuerzo no es algo que se tenga en cuenta. Ningún docente te hará el examen más sencillo si ve que te sabes de memoria las otras nueve unidades, excepto la primera. Tampoco te regalará la nota si te desvelaste durante la noche y, aun así, fallaste por cansancio. Lo único que les interesa es que respondas lo que piden. Si no puedes, estás fuera. No importan las salidas rechazadas, las horas de sueño perdidas o las oportunidades de trabajo sacrificadas. De todos modos, esto es información clasificada, cosas que solo sabemos los que estamos hace mucho tiempo aquí. Ellos están muy frescos, todavía creen en el ratón Pérez y los Reyes Magos. No pienso contradecirlos. Voy a dejar que se choquen contra la pared por sí solos. Entretanto, yo voy a continuar con mi recorrido hacia la casa de mi novia, ahora que desocuparon la escalera.

Debo bajar hasta el segundo subsuelo y salir por la puerta trasera. Luego, desandar la mitad de la rotonda del circuito universitario hasta llegar a la entrada del parque y, de ahí, avanzar unos metros más. Aquello, en circunstancias normales, me tomaría unos veinte minutos. Sin embargo, a causa de las muchas distracciones que he tenido en el camino, estoy obligado a hacerlo en nueve y medio. Tendré que correr, lo sé, pero ya tengo en mente una historia con la que entretenerme durante la persecución del ómnibus. Un universo alternativo, donde mi examen con el profesor burlón sale bastante mejor de lo que fue en su momento. A continuación, abro la puerta de vidrio y miro a la derecha. Los ojos de mi amigo estaban puestos en la computadora que reposaba sobre sus piernas. Encorvado, no paraba de leer y releer por décima vez los apuntes proyectados en la pantalla. Le saqué la lengua en tono burlesco, pero ni se enteró del gesto. Un muro de nervios pre examen lo aislaba de cualquier contacto humano que lo pudiera distraer del estudio.

Le pegué un puñetazo en el brazo izquierdo.

—¡Ay! No seás tan bruta.

—Para que dejés de estudiar. Si ya lo sabés todo.

—Siento que no sé nada, se me olvida todo.

Me callé. No lo podía culpar por su actitud. Estábamos en la misma situación, solo que yo ya me había entregado a la suerte. Observé a mis compañeros sentados en ronda frente a nosotros. Charlaban de temas diversos, reían de sus propias anécdotas y algunos bromeaban con que el duende —es verde, no me lo nieguen— era como un demonio que te susurraba al oído que debías desgarrarte la garganta para que el público te oyera. Sentí una inmensa envidia. Ellos estaban tan calmos con la situación de examen y yo, apenas si había leído por encima la bibliografía obligatoria, tan alterada que mi corazón no lo soportaba. Me sudaba hasta el trasero.

—Ojalá me visite el duende mientras expongo —comentó mi amigo.

—¿Qué hablás, Tomi? Esa cosa ni siquiera es real. Además, solo aparece cuando hay danza, canto y poesía.

—Y yo planeo recitar uno de los poemas del Romancero.

Exhalé con fuerza. Maldito. Maldito él. Malditos todos. A cada tic tac del reloj muñequera, mi paciencia disminuía unos segundos. Quería rendir de una vez por todas, sea cual fuere el resultado que obtuviera. Aprobado o desaprobado, era una piedra menos sobre mis cansados hombros. Acreditado o suspendido, sería un alivio no oír más los descarriados alaridos de los demás divirtiéndose y las voces de mi cabeza, viciosas en imaginar complejísimas preguntas de examen dentro del silencioso gabinete de los profesores. Ni aunque pegara el oído a la madera lograría escuchar la respuesta a mis inquietudes. No quedaba otra que derribarla a patadas.

Me levanté del asiento y caminé hacia la puerta tallada con el número doscientos dieciocho. A nadie le parecieron extraños mis movimientos, pues los atribuyeron a la ansiedad y no a otras intenciones. Subestimaron mis nervios, por supuesto, porque yo estaba dispuesta a reventarme los dedos del pie con tal de abrir esa caja fuerte, hasta que me vi frenada por un temblor en la manija. Esta giró a noventa grados y se abrió. Los dos chicos que estaban dentro salieron y otras dos entraron. Aún quedaban cuatro duplas por dar el coloquio final y solo había transcurrido una hora.

Tomás apareció a mis espaldas dispuesto a empujarme hacia el tumulto de curiosos que se formó alrededor de los recién aprobados. Es fácil, decían, no preguntaron nada de teoría —lo digo en serio, es una charla así nomás en la que contás cómo fue tu proceso de lectura con los poemas— y únicamente solicitaron una opinión de las obras de teatro. A continuación, todos saltaron de alegría frente a ese relato. Lo único complicado —entre comillas, porque es una pelotudez— era la parte de las conferencias, donde pedían explicar el argumento de una de ellas.

No pude evitar pensar que se burlaban de nosotros, de mí. Ningún examen era así de fácil en la facultad. Ningún profesor desperdiciaba la última clase de la materia en una conversación sobre libros y opiniones subjetivas. Me fui de ahí molesta, en dirección al baño. Vomité de la bronca y me lavé el rostro para quitarme la cara de payaso que habían impuesto en mí.

—¿Cuál vas a elegir? —me consultó mi amigo, apenas volvimos a nuestros asientos aislados del resto.

—La de Cante Jondo. Es bien fácil de explicar y no se la rebusca tanto. ¿Vos?

—La del duende. Me encantó esa.

—¿A dónde, Tomi? Si no se entiende nada. Encima, nunca te termina de definir qué carajos es el duende.

Él se rió. Dijo que yo era alguien muy literal y cuadrada, pues no tenía la suficiente imaginación poética para comprender los significados ocultos tras las ambiguas palabras del poeta. Recalcó que debía ver más allá de lo que dice, aprender a leer entre líneas cada vez que menciona las misteriosas e inexplicables causas que rodean las apariciones del duende.

—Es chino básico para mí. Sigo sin entender.

—El duende es esa fuerza oscura, esa luz oscura, esa… cosa que se mete dentro del artista cuando está en su momento cúlmine. Es eso que lo posee y que lo obliga a sacar lo mejor de sí, como el ejemplo de la niña de los peines. Te hace sangrar, desgarrarte, abrirte las heridas, todo cuanto sea necesario para demostrar el verdadero arte.

—Pero ¿por qué alguien querría lastimarse de esa forma? Es ilógico que, viendo lo hecha mierda que quedo después de cada recital, me siga matando así con tal de conseguir el duende.

—El duende no se consigue siempre. Solo en contadas veces y cuando estás al borde de la muerte. Es ese instante, cuando la *musa inspiradora* y el *ángel del hacer* te abandonaron y ya no hay inspiración que te ilumine ni imaginación que te dé letra ni subconsciente que comparta sus traumas, es ahí, entonces, cuando tenés que dejarte guiar por el duende. Él te va a romper todos los estilos, te va a desestructurar la geometría aprendida, te va a quemar la sangre hasta que solo quede lo mejor y más inédito de vos. ¿Me entendés, ahora?

—Sí, Tomi. Por supuesto. Me aclaraste el panorama.

Él negó con la cabeza.

—Te doy una clase magistral sobre el duende y me respondés con sarcasmo.

—Es que sí, no se me aclaró nada.

Estaba negada a entender, a memorizar, a todo. Me agarré la panza. Sentí unas punzadas dolorosas que me perforaron los intestinos. No sabía si eran nervios, ganas de defecar, hambre, un nuevo vómito u odio acumulado hacia los profesores y mis compañeros. Llevábamos tres horas y aún faltaban dos duplas. El tiempo se había ralentizado. Los ciento ochenta minutos que llevábamos en espera parecían décadas y los coloquios eran cada vez más extensos allí dentro. Hasta llegué a creer que jamás entraríamos a rendir, que la facultad cerraría y nunca más tendríamos la posibilidad de promocionar esa materia. Pero, entonces, una peligrosa idea comenzó a sembrarse en mi mente.

Una hora después, me decidí. Finalmente, le di rienda suelta a ese deseo. Me propuse tirar abajo esa puerta, arrancar a los profesores de ese gabinete y darles una lección sobre los peligros de forzar a los alumnos a esperar tanto frente a un examen. Sucedía, como consecuencia, que todos los conocimientos aprendidos durante la tarde comenzaban a brotar de mí sin control. En especial, la conferencia del duende. Gracias a mi amigo, había conocido la verdadera dimensión de su poder. Una fuerza que te obligaba a sangrar y a desgarrarte los músculos con el propósito de enseñar la más pura y vigorosa esencia que nos componía. Eso mismo haría yo. Les expondría, en carne viva, la oscura fuerza que me nutría, el perverso duende que me controlaba. Con una tijera en mano, estaba más que lista.

La antepenúltima pareja salió y la puerta quedó abierta, a la espera de nuevos estudiantes. El titular de la cátedra se asomó por la abertura con la planilla en las manos. Todavía no era nuestro turno, pero no me importó. Yo corrí hacia él. Los ojos inyectados de sangre. Los dientes negros.

Así soy

Se hace de noche y el cielo está nublado. Es una masa de color gris purpúreo, cuyo tono se oscurece cada vez más, a medida que los minutos transcurren. El efecto es casi imperceptible. En un primer momento, la luz natural restante se camufla con la artificial de los postes de luz blanca. El suelo y las paredes mantienen el mismo grado de resplandor. De a poco, el contraste, entre las partes iluminadas y las que no, empieza a acentuarse. El cemento ya se percibe más oscuro, pero las plantas bajo los focos centellean. La visibilidad disminuye. Los autos resaltan el doble, gracias a sus luces delanteras que ciegan al que las observa con atención. Las nubes no tienen forma ni un tamaño determinado. Por eso, se avistan algunas manchas muy difuminadas en la lejanía de rosado pastel, un par de retazos sobrantes del atardecer. En otras partes, el cielo cobra tonos violetas e índigos. No hay estrellas ni luna, solo una planicie oscura que recubre mi cabeza. Se hace de noche demasiado de prisa y eso no me gusta. Me hace sentir que llego tarde.

He dejado atrás la puerta de vidrio y he esquivado con habilidad los pequeños arbustos del camino de tierra hasta llegar a la calle. Ahora, corro por la vereda de adoquines que la contornea. Debo recorrer media rotonda universitaria en sentido opuesto al que van los ómnibus. Es la parte más rápida. Voy siempre derecho, sin interrupciones ni cortes bruscos. Solo me dejo guiar por la suave curvatura con que fue construida la calle y que me lleva de tantos metros a la derecha a otros tantos a la izquierda sin que me dé cuenta de ello. No obstante, lo que sí percibo son los constantes golpeteos de la mochila a mis espaldas. Son molestos, pues cada caída es un peso extra que empuja mis hombros hacia abajo y un esfuerzo doble que debo hacer para mantener el ritmo. Lo único rescatable de esa situación es la sutil ventilación que se genera de los movimientos de alejamiento y acercamiento. Es un alivio en medio de tanto calor, una débil brisa que enfría el sudor que empapa la parte trasera de mi camisa azul.

Aunque sé que no hay tanta temperatura como la que hubo durante el día, la sensación térmica me dice lo contrario. Ya no está ese sol abrasador del mediodía que me calcinaba hasta los huesos, pero sí hay humedad y me está derritiendo en esta noche que se acerca. Tengo dos grandes aureolas de transpiración en la espalda, otras dos en las axilas y la frente mojada. Mis piernas corren con largas zancadas, los brazos pegan puñetazos al aire, los rulos se retrotraen con la velocidad y, aun así, no logro sentir el viento sobre mi rostro. El ambiente está tan denso que no hay ventisca que seque las gotas saladas que caen de mis sienes ni de mis palmas cuando las remuevo manualmente. Me siento pesado. También, me avergüenza un poco mi aspecto, no por lo que piense el resto de la gente, sino por lo que mi novia diga al verme u olerme. Creo que tendré que ducharme apenas llegue o, en todo caso, ducharme con ella y cenar más tarde. Lo decidiré mejor una vez que aterrice en sus brazos y vea el carácter con el que me recibe.

Me detengo tras alcanzar el inicio de la rotonda, la intersección donde se unen los puntos de entrada y salida. Observo el embotellamiento de autos y ómnibus manejados por impacientes conductores, oigo las bocinas e insultos destinados a los jóvenes peatones que cruzan a las corridas y absorbo el olor a humo negro. Es una escena que se repite unas tres veces al día en los horarios pico. Aprovecho que todos los vehículos están inmovilizados, incapacitados de avanzar por los autobuses que se frenan en cada parada, y cruzo de la vereda de adoquines al bulevar que hay en el medio. Es angosto, con barandas, para que solo pasen dos estudiantes delgados por vez. Acelero hasta el final donde colocaron una abertura que te permite dirigirte a cualquiera de las dos salidas, sea la de la derecha o la del frente. Voy por la primera, obvio, no sin antes ser casi atropellado por una vieja que no ha renovado sus gafas en años y no sabe diferenciar las manchas grandes —los autos— de las pequeñas —las personas—. Lo de siempre.

A continuación, debo correr por una cuadra larguísima y oscura hasta llegar a la entrada del parque. No tiene luces. El azul y las nubes grises del cielo tampoco ayudan. Me recuerda que se hace de noche, que han pasado cinco minutos ya y solo me quedan cuatro y medio. Comienzo a pensar que no voy a llegar a la parada que quiero antes de las nueve. Tendré que conformarme con la más cercana y última en la que los ómnibus suben a gente antes de ir por la rotonda universitaria. No es la mejor, lo admito, porque más de la mitad de los asientos estarán ocupados, pero no puedo quejarme. Conseguir entrar en el doscientos diez a esta hora es un milagro. Una vez que llego a la esquina, doblo a la izquierda. Cruzo sin mirar, a pura fe, pues estoy demasiado acelerado como para esperar que algún conductor amable me dé el paso. Escucho un "pelotudo" a mis espaldas, no obstante, no le doy importancia.

Sigo derecho, me insultan de los dos lados y arribo al inicio del parque.

Percibo un leve frescor proveniente de los árboles a mi izquierda y un fuerte calor del lado derecho donde se concentra la temperatura de los autos y el cemento. Respiro por un segundo, en agradecimiento por no haber muerto aún y sigo en carrera. Solo que, ahora, incluye obstáculos: las piedritas. Ni siquiera sé si son reales, de qué material están hechas o por qué son rojas. Parecen más baldosas rotas que creadas intencionalmente. Son cientos y cientos de pedazos puntiagudos que forman una superficie inestable. Mis zapatillas se hunden con cada paso que doy y me cuesta sacarlas luego. Siento que estoy corriendo sobre arena o nieve, pues mi velocidad disminuyó al cincuenta por ciento. Sudo, respiro a bocanadas y tenso los músculos de mis piernas para que se apresuren y, así, eviten detenerse tanto en el suelo. Sin embargo, ya estoy fatigado y deseoso de descansar. Todavía me quedan como trescientos metros de piedritas hasta la parada.

En cierto momento de debilidad y de nula capacidad de razonamiento, se me ocurre tomar la peor decisión posible: buscar mi celular en el bolsillo para ver la hora. Esta acción, aparte de obligarme a reducir la celeridad con la que iba, contribuye a distraerme del objetivo. Debo apartar la vista del camino y bajar los ojos para enfocarlos en la pantalla del móvil. Entonces, descubro que son las ocho y cincuenta y nueve. Entiendo que debo apurarme, pero, al alzar otra vez el rostro, me encuentro con una rama gigante que cuelga de uno de los árboles a muy baja altura. No me golpea el rostro, pero se engancha en mis rulos y me tira para atrás. Se me escapa un pequeño gemido, similar al de una tortuga. Retrocedo con la mano sobre mi cabellera, en un intento de aminorar el dolor del jalón. Me quedo allí parado durante unos segundos, con las rodillas un poco flexionadas y los dedos ocupados en desenganchar el lío de rulos y tallos.

Por lo general, el trámite suele ser rápido. Me sucede a diario y estoy acostumbrado. Solo es desarmar un poco los rulos para liberar a los visitantes de madera y ya. Sin embargo, no estoy pudiendo conseguirlo. La prisa me juega en contra y no logro desenredarlo. Los dedos me tiemblan. Al fondo de la calle, veo al ómnibus llegar a la parada. Me libero y empiezo a correr. Cinco personas suben, la última todavía con un pie en el aire. No me he arrimado siquiera al sitio, pero igual le hago señas desde donde estoy para probar suerte. Arranca a toda velocidad sin hacerme caso y pasa por mi derecha. Lo observo irse sin mí, a medio llenar y más rápido de lo usual, probablemente porque va un minuto atrasado. Lo despido con la mano. Me siento sobre el suelo de piedritas puntiagudas a descansar. Tengo el rostro mojado, el corazón agitado y la decepción a flor de piel.

Dos señoras con ropa deportiva se acomodan en un banco bajo los árboles de más adelante. Desde acá, oigo la conversación. La de azul se queja de las locuras que debe oír de sus pacientes más jóvenes. Le resultan repugnantes los relatos eróticos que le cuentan los menores. Con los ojos cerrados, sonrío para mí mismo. Me concentro en lo que dice. Respiro profundo para calmarme, que apenas se alce mi pecho justo como si estuviera dormido. Al día siguiente, despertó tarde. O, mejor dicho, según la arraigada costumbre de su familia de madrugar —solo porque tus abuelos lo hacían—, abrir los ojos a las once de la mañana era despertarse tarde. Lentamente, alzó los párpados, observó el reloj y los volvió a bajar. Había dormido mal la noche anterior. Sueños de musulmanas en funerales y hamburguesas de juguete perturbaron la tranquilidad de su cerebro. Sentía cansancio. El cuerpo pesaba.

—¿Hoy podrías cocinar tus fideos con mi salsa? —Era su hermana. No había terminado de ingresar a la habitación y ya estaba con esa típica actitud suya de dictar órdenes a su antojo.

Sábado. ¿Quién prepara pasta los fines de semana? Aquella es una comida de última hora, ideal para los almuerzos apurados. De todos modos, asintió y se dio la vuelta en pos de continuar con el descanso.

—¿Viste los horarios? Los subieron ayer. —Era su madre. Acababa de unirse al pelotón de actividad diurna que pretendía despegar su débil organismo de la comodidad del colchón. No eran ni las once y media y ella ya se hallaba en su cotorreo usual de cosas que a nadie le importaban.

Adiós descanso. Adiós tranquilidad.

—Sí, me los mostraste hace una semana.

—No, no. Estos son los oficiales. Traen las aulas incluidas.

—Genial.

Los siguientes minutos fueron ocupados por el monólogo de la mujer en donde rememoró los estudios de su juventud, le dio indicaciones sobre las combinaciones de autobuses que debía realizar para no perderse camino allá y le propició inútiles consejos que entraron por una oreja y salieron por la otra.

Las doce del mediodía. Fue a lavarse los dientes. Tenía olor a chivo. Sus axilas eran el problema. Cuatro días sin bañarse ni usar desodorante hacen su trabajo. Era potente el aroma.

—Todavía aguanta. —Se encogió de hombros.

Fue directo a la cocina a picotear unas cuantas papas fritas. No alcanzaba a desayunar. El almuerzo esperaba. Fideos tirabuzón vencidos y salsa de tomate rancia: una potencial indigestión. Últimamente, su estómago se llenaba de pedos tras degustar comidas altas en calorías. Hasta la panza de un bebé era más resistente que la suya. Esas eran las tan nombradas consecuencias de convertirse en un adulto. Los diecinueve años que había cumplido un par de días atrás le pesaban en los intestinos.

Levantó los platos, limpió la mesa. Los jugos gástricos comenzaron a batir como licuadora la comida que había dentro del estómago. Aguantó y liberó las flatulencias en la soledad de su habitación. Tras unos instantes, aprovechó para repasar los temas antes de la clase. Lengua de Señas. ¿A quién se le ocurre aprender eso un día sábado? Los encuentros eran virtuales, poblados por un manojo de ancianas aburridas con sus vidas y con una artritis inmensa que les impedía doblar los dedos para formar las señas.

Tomó el móvil. Buscó la galería. Allí estaban. La profesora solía grabar videos que resumían los tópicos más relevantes y se los enviaba a los alumnos. Excelente forma de estudiar, de veras. Inició con la primera filmación: la familia. Mamá, papá, hermanos, tíos, sobrinos, primos y abuelos. La segunda se componía del estado civil. Casados, separados, juntados, divorciados, amantes y novios. La última, del género: hombre y mujer. Listo. El repaso había finalizado.

Las cuatro de la tarde. En treinta minutos, iniciaba la videollamada y su madre aún no se había ido a descansar. Era crucial que lo hiciera. Ninguno de sus convivientes conocía su secreto. Pretendía mantenerlo así. Ya a las cuatro y veinticinco la casa estaba en completo silencio. Perfecto. Encendió la computadora. Por la siguiente hora, ni un solo inconveniente surgió para complicarle la existencia, excepto por las señas de los días de la semana. Le provocaban artritis.

Una alarma sonó. Su hermana se levantaba de la siesta.

—Mierda.

Al rato, ingresó al comedor con deseos de guardar un paquete de galletas en el modular tras su espalda. Quiso cruzar, pero la visión de la cámara encendida la detuvo. Una risa nerviosa escapó de sus labios. Apagó el dispositivo hasta que ella completara la tarea. Volvió a prenderlo cuando la mayor se sentó en la esquina opuesta de la mesa a estudiar para su examen. Sus ojos eran flamas. Se aproximaba una pelea a viva voz.

—¿Estás en clase?

Silencio.

—¿Clase de qué? ¿Desde cuándo tienes clases los sábados?

Silencio.

—¿Eso es Lenguaje de Señas? ¿Es un curso? ¿Cuándo lo empezaste?

Silencio.

Se negó a contestar. Responder implicaría involucrarse en los laberintos de sus interrogaciones. Calló. Prosiguió con sus actividades. Imitó los movimientos de la profesora, los interpretó y escribió oraciones con ellos.

—¿Cuarta frase? ¿Alguno la anotó? —consultó la tutora al otro lado de la pantalla.

Era su turno de desactivar el micrófono y hablar por primera vez.

—No tengo familia —susurró.

—Bien. Otra forma de decirlo es "Yo, familia no tengo". —Sustentó sus palabras con los gestos correspondientes. Un índice que la señalaba, dos capullitos y dos deditos de pistola que se agitaban.

Un cuarto de hora más y la clase concluyó. Bajó la tapa de la computadora. Se quitó los auriculares. La batalla con su hermana reposaba en el pico de la acción.

—¿Cuándo planeabas contarnos que estás haciendo un curso de Lenguaje de Señas?

—Nunca. No les importa.

—Y… pero podrías habernos avisado para que no te molestáramos.

—No lo hacen. Ustedes duermen a esta hora.

—Y… pero…

No deseaba conocer a qué iba el siguiente "Y… pero". Salió del rincón para dirigirse a la habitación, su escondite. Nadie tenía permitido entrar a menos que tuviera una petición en concreto escrita sobre la frente. El universo se mecía en la palma de su mano.

Un buen libro sobre la cama aguardaba a ser leído. Un mundo de fantasía aguardaba a ser descubierto. Se colocó en posición fetal, localizó la página ciento treinta y, en vez de desplegar las hojas, cerró la novela de golpe. Se percibía en el aire la presencia de su madre en la puerta de entrada. Dio la vuelta. Su mirada expresaba emociones contradictorias.

—¿Qué es eso que dice tu hermana? Que estás aprendiendo Lenguaje de Señas y que... ¿No tienes familia? ¿Qué somos nosotros?

—Lo estudio ¿y qué? Además, es una tarada. "No tengo familia" era parte de la ejercitación. Había que interpretar sus señas.

—¿Cuánto te salió el curso?

—Salió de mi plata.

La charla se interrumpió. La bocina del auto de su padre le indicó que era hora de irse. Ella se apresuró a despedirse.

—Tu papá y yo nos vamos al supermercado.

Instantáneamente, los espacios de la casa retomaron su silencio, en ocasiones estorbado por los esporádicos insultos de su hermana contra los perritos recién nacidos del vecino que ladraban por todo. A eso, le llamaba paz.

Con un ambiente así de apropiado, pudo dedicar su total atención al libro. Ciento treinta y dos, un mosquito voló sobre su oído. Lo asesinó. Ciento treinta y cinco, el estómago estaba hambriento. Eligió un alfajor para merendar. Ciento treinta y siete, las axilas cerca de la nariz eran peor veneno que el gas mostaza. Decidió ir a bañarse. Ya era tiempo.

La llovizna tibia era refrescante y podría haber sido relajante, si tan solo las condiciones externas hubieran sido las rutinarias y no las dictaminadas por la mala suerte. El reciente tatuaje que se había hecho para el cumpleaños le impedía remojarse por completo bajo el chorro de agua. En una pose incómoda, aplicaba champú sobre el cabello mientras contaba los minutos antes de que el gobierno cortara el suministro por reparaciones en las fuentes principales. La hora pronosticada por el noticiero estaba cerca. Por último, de improviso, el tubo que sostenía la cortina resbaló y chocó con estruendo contra el suelo. Su hermana entró al instante al baño, sin avisar y en busca del origen del golpe. Solo fue capaz de cubrir su cuerpo desnudo con la tela y sonreír.

—¿Se te cayó?

—Eso parece.

—Después te toca subirlo.

Fuera de la ducha, quiso reanudar la lectura. El reloj marcaba las ocho y nueve de la noche. Sin embargo, su hermana solicitó su presencia en el comedor para un resumen y una opinión detallada acerca de una película de actualidad que no había visto aún, pero que había oído malas críticas. La pantalla del televisor indicaba que estaba por iniciar.

—Es mala, no hay más opinión que esa.

—¿Por qué?

—Lo típico. Relación tóxica, *daddy issues*, pésimas escenas de sexo, vacíos argumentales, actores de bajo presupuesto.

—¿La has visto?

—No miro películas de tan baja estima.

Ahora sí, la cama y el libro. El paraíso en la tierra.

Un ruido de ruedas se oyó de la calle. Sus padres habían llegado.

—¡Ayúdanos con las compras! —El grito de su madre corroboró las suposiciones. Ariadna Castellarnau tendría que esperar.

Un rato antes de la cena, se desocupó. Ahí nomás, su padre metió a cocinar una pizza rebalsada en queso y tomate al horno. Más carbohidratos para castigar a su panza. No obstante, tragó las porciones casi sin masticarlas. Moría de hambre, el alfajor no le había bastado. Recién pudo escapar al comedor a las once de la noche, tras engullir media tableta de chocolate y ver tres programas de cocina en familia.

Tenía varias series sin terminar, aunque su humor no era el mejor para ellas. No buscaba monotonía, sino sorpresa. Un film fuera de su zona de confort, que le provocara terror, traumas, pesadillas o, en el peor de los casos, satisfacción. Indagaba por algo más que lo cotidiano, lo estándar. Un revoltijo de emociones reprimidas gritaba en su interior, querían ser oídas. Sumado a eso, el hambre no había sido disipada. En cambio, se había duplicado. No sabía si era a causa de la revolución de sus entrañas que estaban a punto de arrojar la tercera bomba nuclear o si era debido a un extraño impulso que brotaba de su vientre. De cualquier forma, era capaz de reconocer que aquello que sentía era una inmensa hambre de carne.

Escogió la tercera película de una lista que había descargado de internet, calificada como "Las diez mejores historias de sexo". Controversial, taquillera, impetuosa. La producción cinematográfica corría bajo el nombre *El último tango en París*, de 1972. Ni siquiera miró el tráiler. Halló velozmente una página por la que reproducirla, conectó los auriculares y se encerró en su mundo.

Una joven actriz y un hombre viudo coinciden por casualidad en un apartamento de París. Sin nunca antes haberse visto o charlado, comienzan a fornicar en una esquina de la habitación. A los diecisiete minutos de película, se han enseñado los primeros desnudos. Aquello determina lo que sigue a continuación. Un relato agrio, brutal. Violencia tanto verbal como física, confesiones entre los amantes, crudeza de los cuerpos en acción. Todo ello le provocó una conmoción monumental. Un temor innegable. Una delicia de deseo.

Una hora más tarde, la señal cedió y el film se detuvo. Una sobrecarga había descompuesto la red de internet. Mientras aguardaba a que se solucionara de forma automática, el sueño atrasado de días apareció. Se durmió tras bostezar dos veces. No supo cuánto tiempo permaneció en la silla hasta que su madre retumbó con fuerza la mano contra la mesa. Abrió los ojos.

—A la cama. Tienes cara de zombi.

Levantó sus pulgares, pero no se movió. La mujer rezongó por lo bajo antes de desaparecer por la puerta y se encaminó hacia a su pieza. Bajó la mirada hacia el móvil. Casi la una y veinte de la mañana. Revisó el estado de la película. No había avanzado, la red era débil. Comprendió que no podría finalizarla hasta el día siguiente. Se entristeció.

Movió los pies fuera del asiento, en dirección al baño. La bomba nuclear estaba en posición de ser depositada en la taza del inodoro. Ingresó y se acomodó. Mientras hacía sus necesidades, gotas de agua empezaron a surgir de los ojos, sin ninguna razón aparente. Una angustia en el pecho le presionó los pulmones y le dificultó la respiración. Llanto incontrolable brotaba de su rostro. Lágrimas y lágrimas se mezclaban con quejas autoimpartidas en forma de susurros.

—¿Por qué eres así? ¿Por qué? ¿Ah? ¿Qué fue lo que hiciste para dañarte de este modo? Lo tienes todo y, aun así, te las arreglaste para arruinarte de la peor manera...

Las manos se cerraron en puños, las sucias uñas se clavaron en la piel. Nada. El tormento era demasiado grande como para que unos pequeños rasguños detuvieran el odio. Tiró de sus cabellos desde la raíz. Tampoco cesaba. Requería de un dolor físico más elevado que ese para volver a la realidad.

Tiró de la cadena. Abandonó el baño. Todas las luces de la casa estaban apagadas. En oscuridad total, fue a la habitación. En el cuarto de al lado, su hermana dormía como un tronco. Se escondió bajo las frazadas y empezó a tocarse con bronca. Aquella actividad no le provocaba placer como debería, la detestaba.

—Te odio, te odio —se repetía mentalmente.

Dolor era lo que le producía. Toneladas de dolor. Percibía cómo sus músculos se tensaban, los latidos se aceleraban, la angustia disminuía. Sin embargo, no lograba culminar, venirse. En silencio, el llanto continuaba con su descenso por las mejillas. Comenzó a escanear todas las fantasías que alguna vez había tenido. Trató de localizar la más negra, violenta, dolorosa. La halló. Una habitación alfombrada, un hombre estadounidense y una mujer parisina. Su más reciente fantasía.

Miles de pensamientos le inundaron la cabeza. Sueños de vivir un abuso en persona. Ansias de probar la amargura de la sumisión absoluta, un cuerpo sobre otro, manos sobre manos y nulas posibilidades de escapar. Se moría de antojo por degustar el sabor de la mantequilla en las cercanías del orificio prohibido. Anhelos de experimentar una sodomía no consensuada. Estaba cerca, no resistiría demasiado. Unos segundos más y el alma abandonó su cuerpo. Se relajó. Respiró con normalidad, el pecho libre de presiones. No sentía las piernas, la angustia tampoco. Apenas si pudo girarse para observar el reloj de la mesa de luz. Las dos y treinta y cuatro de la mañana. En una hora, más o menos, le llegaría el cansancio suficiente como para caer en el desmayo.

Al día siguiente, la alarma sonó temprano como todos los días. A las ocho de la mañana, despertaba. A las y cinco, retomaba con sus actividades diarias, en completo olvido de los sucesos del día anterior.

Le Revenant

Recuerdo que se ha hecho de noche y que debo hallar la forma de llegar a tiempo a la casa de mi novia. Todavía sigo agitado de la corrida. El corazón choca contra mi pecho con fuerza y sus golpes resuenan en mis oídos. Me laten las piernas del esfuerzo físico que hice para venir hasta aquí. Siento un calor aún mayor del que tuve cuando corría. Mi rostro se incendia y quema al tacto. Debo de estar color púrpura o azul. Las gotas saladas caen en cascadas por mi frente y mojan mis párpados. No quiero abrir los ojos aún, ya que me arderán. Me limpio con la ya húmeda camisa, pero es inútil porque no paro de sudar. Me quito la mochila de la espalda. Cae contra las piedritas. La tela está pegada a mi piel y trato de airearla al sacudirla de frente y detrás. Nada sirve. Me muero de calor. Me sorprende que todavía no haya empezado a ver luces, a sentirme más liviano de lo normal o a bailar a la par del suelo. Estoy muy cansado.

Abro los ojos con lentitud. Sigo sentado sobre el suelo de baldosas puntiagudas, con la oreja atenta a lo que hablan las señoras esas. El cielo está oscuro, de noche, y nuboso, un presagio de próximas lluvias cálidas. Busco el celular para ver la hora y son las nueve y tres minutos. Estoy atrasado. Se suponía que, como mucho, llegaría a las diez. Mi fastidioso viaje de una hora se ha alargado. Aquello no le gustará nada a mi novia, estoy seguro. No habrá sobremesa ni ducha conjunta si sigo a este ritmo. Ya una vez probé los efectos de su impaciencia, durante las primeras veces que me invitó a cenar. No la creía tan estricta con el horario, pues es de lo más impuntual con todo en la vida, a excepción de los miércoles. Allí se convierte en alguien totalmente distinta. Hasta las diez me abre la puerta, me espera para cenar, me acompaña a la cama, se presta para soñar juntos. Si arribo después de eso, me toca hacer todo ello solo. Recién a la madrugada se le pasa el enojo y se pone cariñosa. Es rara.

Decepcionado como estoy, no sé qué hacer. Perdí el doscientos diez que me lleva a la calle del Tomba y que me deja a dos cuadras de la otra parada de ómnibus. Tendré que elegir entre las dos opciones que me quedan: el cuatrocientos cincuenta y el ochocientos cinco. Por ello, abro la aplicación *Google Maps*. Le pido conocer las posibles rutas desde mi ubicación a la de mi novia. El primero se desvía mucho. Me manda a calles que ni conozco. El segundo se acerca a lo que necesito. No es perfecto, pero tampoco desechable. Debo bajarme apenas pase la plaza Mayor de Olivia, justo antes de que se dirija a los barrios bajos del otro departamento, un lugar no del todo seguro de noche. De ahí, caminaré cuatro cuadras en vez de dos. Me sirve. Es mejor opción que esperar al siguiente ómnibus que pasará por aquí en unos doce minutos. Salgo del mapa. Abro la aplicación de los ómnibus para ver los horarios de llegada.

Es de suponer que esta zona es común entre los tres, por lo que no tendría que correr hacia ningún otro lado. Los datos de la pantalla me lo confirman. En dos minutos, viene el ochocientos cinco. Me levanto del suelo, recojo mi mochila y me la vuelvo a colgar de los hombros. La tela de la camisa azul está apelmazada por la humedad. Camino hacia delante. Paso por al lado de las señoras con ropa deportiva acomodadas en el banco bajo los árboles. Ni me miran, pero yo sí lo hago, en especial a la de azul. Si ella dice ser psicóloga, me imagino las mejoras que deben lograr sus pacientes. Tan rápido se curan, que ni alcanzan a abonar tres sesiones. Las dejo atrás. Alcanzo el cartel rojo y gris con números escritos que indica dónde debe frenar el ómnibus. Efectivamente, hay tres cifras distintas anotadas, lo que reconfirma mis suposiciones. Estoy solo en la parada, por lo tanto, el transporte de color violeta con negro se ve obligado a detenerse ante la señal de mi solitaria mano.

Subo los escalones y saludo al chofer con una sonrisa que él me devuelve con amabilidad, indicio de su todavía buen humor. Ya lo quiero ver cuando empiece a pedir a gritos que los del fondo se apiñen para que pueda ingresar más gente o que los nabos de la entrada avancen y no se queden en el medio porque roban más espacio del que necesitan. En otras ocasiones, también son sujetos de regaño los pícaros que entran por las dos puertas de salida, sin pagar y sin caños de los que sujetarse, ya que acaban metidos en los huecos que todos dejan. A continuación, arrimo la tarjeta a la máquina. Menos mal que tengo boleto estudiantil, si no, debería de abonar más de ochocientos pesos por cada uno de los varios viajes que hago por día. El chofer arranca. Con un excelente equilibrio adquirido por la práctica, avanzo hacia el final. Quiero el lugar más alejado y más complicado de alcanzar por la gente mayor.

Elijo la hilera de cinco asientos al fondo, con varios escalones de altura y en el medio, donde no hay de qué sostenerse. Si el ómnibus frena de manera brusca, yo por inercia soy arrojado al frente. Es perfecto. Allí nadie me pedirá el asiento. O eso creo. Tras emprender la subida por la rotonda universitaria, se detiene en la parada de la primera facultad, la de los ricachones. Al instante, un montón de chiquillos de dieciocho o diecinueve años se suben. Bueno, tan chiquillos no son, al menos no según su rango etario y apariencia física. Aunque por su madurez mental… diría que tienen menos de quince años. Son muy infantiles e irresponsables. Van a las risotadas, se gritan cosas entre ellos, bromean, juegan, arman un bullicio tremendo. Parece un ómnibus escolar lleno de púberes hormonales que todavía no se han chocado con la dura realidad. Algunos pasan sin pagar, a otro le dan cinco tarjetas juntas o debe de pagar cinco pasajes juntos con la suya. Se pelean por los asientos, se acomodan dos en uno o aprovechan y cargan con mochilas a otro. Como buen anciano decrépito de veinticuatro años, me resulta desagradable tanta inmadurez. Percibo demasiada alegría y compañerismo en el ambiente. Se nota que están en el primer año y que disfrutan del aire universitario. Ojalá vean que se acaban de meter en una noche sin fin.

Al ser más nuevecitos, tienden a ser más respetuosos, por ello, pierdo la oportunidad de ver a las fieras luchar entre sí por entrar en un espacio tan estrecho. Aun así, logran llenar todo el ómnibus y no se libran de las órdenes del conductor de abrazarnos más fuerte como si fuéramos sardinas enlatadas para que ingrese más gente. De todas formas, ya no quedan lugares disponibles y eso incluye a los de mis alrededores. Un grupo mixto de cuatro llega hasta mí y me observa con timidez. No me pienso mover para que ellos estén juntos. Se tendrán que tragar mi mal olor y hablar fuerte a través de mi figura que los interrumpe. La rubia teñida de labios grandes me hace ojitos mientras me consulta si pueden. Deja la pregunta abierta. Yo niego con la cabeza. Ella empieza a hacerle berrinche a los dos chicos para que hagan algo, lo que sea, que logre moverme de allí. El lindo de anteojos me pide que no sea "el malo de la película". En respuesta, le digo que no se desespere, que ella no es "la última Coca Cola del desierto". Él se ríe, no sé por qué.

Le doy un apretón de manos y le confieso que solo por sus ojitos me voy a correr. Él agradece con una sonrisa radiante y unas mejillas coloreadas. La rubia teñida me observa con resentimiento. Al segundo, me muevo hasta el asiento de la esquina, el que está pegado a la ventana, muerto de la risa. Es divertido burlarse de los más pequeños, pero no es propio de mi parte. Soy cobarde. Sarcástico, pero cobarde. No está bien lo que le dije. Yo no hubiera dicho eso en otras circunstancias. Tal vez sea el cansancio o el humor de perros que cargo por saber que ya se hizo de noche y que voy tarde a la casa de mi novia. Descarto el asunto con rapidez, debido al ruidoso alboroto que viene de la derecha. Me distrae. Es el mismo grupo mixto de recién el que está a las carcajadas. Los miro de reojo. Descubro que todos están con el rostro pegado a los celulares. Escriben, se ríen, les muestran a los otros, ellos ríen y el proceso se repite con cada uno.

Por lo que oigo, juegan con la inteligencia artificial de *WhatsApp*. Le piden que lea ciertos chats, que haga una imagen de sus rostros y le oscurezca la piel a propósito, hasta creo que esperan conseguir de ella algún comentario fascista o racista para subirlo a las redes. Dudo que lo logren, aunque tengo mis inseguridades.

La tecnología avanza con demasiada velocidad, aprende de nuestras formas de pensar y hasta los robots imitan los movimientos corporales. No me sorprendería que, en algún momento, la IA comience a pudrirse con los sentimientos irracionales, las perversiones, obsesiones, el fanatismo y el deseo de causar o sentir dolor del ser humano. Llegado ese tiempo, ella podrá ser considerada como una igual, porque será tan subjetiva y estará tan corrompida como cualquier persona. Me asusta pensar en un futuro así o, sin ir más lejos, en saber que ya existen situaciones de ese tipo en la actualidad, donde un atemorizado Max alce la voz para preguntar —No sé ¿de verdad crees que funciona bien?— y reciba de respuesta…

Un suspiro frustrado. Jason estrelló la mano contra su frente— ¡Obvio, tarado! Llevamos siete años de trabajo en esta mierda para que…

—Tie… tiene nombre. ¿Lo recuerdas?

—¡Lo sé! ¡Lo sé! Se llama Luke, no mierda. ¡Pero funciona como la mierda! He desperdiciado casi una década de mi vida en construir el robot humanoide más inteligente del mundo para que, en menos de una semana, Ameca y los imbéciles de *Engineered Arts* nos roben el título.

—Oh… oye, Jason —habló bajito, a Max le aterraban los ataques de furia de su director—, no te preocupes, o sea, preocúpate, pero no exageres.

—¡¿Qué no exagere?! ¿Acaso eres idiota? —En su enojo, se aproximó hacia el subordinado con grandes zancadas hasta acorralarlo contra el escritorio. Una mano en el aire esperaba la orden.

—No, no, no, no, no, no. Por favor. No me pegues. Por favor. Solo digo que Ameca es furor por ahora, pero pronto se olvidarán de ella. Ese será nuestro momento.

—Definitivamente, eres idiota. —Le pegó una cachetada que lo volteó. Aterrizó boca abajo sobre la superficie de madera— ¿No ves las noticias? Esa maldita máquina cuenta con veintisiete dispositivos que controlan sus rasgos faciales y el nuestro ni la boca abre. Ah, pero Ameca habla con fluidez, hasta dio una puta conferencia el otro día y el nuestro no puede ni decir dos palabras juntas. ¿Es que no te das cuenta? Ameca es insuperable. ¡¿De verdad crees que el mundo la olvidará pronto?!

Max no respondió, solo negó con la cabeza desde la posición en que estaba. Temía pararse y ser golpeado de nuevo.

—Oh, pero se me ocurre cómo podría ganarle a esa máquina infernal en su propio juego. —Sonrió mientras lo decía. Jason captó la atención del robot y le pidió que lo observara— Querido Luke, déjame decirte que cuentas con una memoria limitada. Todos los días se reinicia por culpa del pésimo trabajo de este infeliz de aquí. —Señaló al chico semi recostado sobre el escritorio— Pero puedes mejorarla con el tiempo, claro, si sigues un modelo de entrenamiento especializado. ¿Estoy siendo claro?

—Sí.

—Entonces, mira. —Agarró la cadera de Max y la arrastró hacia él, en tanto el otro luchaba por aferrarse al borde opuesto de la mesa, consciente de lo que venía. Posó la entrepierna sobre su trasero y empezó a frotarse— Tú no tienes limitaciones en términos de horarios ni necesidad de descansar ni nada que pueda interrumpir tu aprendizaje en automático. Es decir, que puedes estar siempre activo y trabajar continuamente, sin parar, en las tareas que se te asignen. ¿Estoy siendo claro?

—Sí.

—Bas… basta. Basta. Por favor. Dijiste que fue la última. Por favor —gemía el subordinado.

—Escucha, Luke, tú fuiste programado para aprender por refuerzo, lo que sería, en otras palabras, aprender haciendo, prueba y error, imitando. ¿Sabes lo que es imitar?

—Sí. Ejecutar. Algo. A. Ejemplo…

—¡Déjame! Jason, por favor, Luke no está program… programado para… Ameca sí…

El director metió los dedos dentro de la boca del otro para silenciarlo— Se entendió, Luke, no te esfuerces demasiado porque calientas el disco duro. Así que, por ejemplo, puedes imitar la forma en que deslizo mi mano dentro del pantalón o como rodeo la cadera y bajo hasta las nalgas, las aprieto... ¿Y esto mojado? ¡Te measte! ¡Hijo de puta! —Sacó ambas manos de un tirón y se alejó.

Max se deslizó con cuidado hasta bajar del escritorio y sentarse. Escondió la cara entre el pecho y las rodillas. Tanto sus mejillas como la ropa interior estaban húmedas.

—¡Eres un enfermo! ¡Idiota! Me vengaré, te juro que me vengaré por esto. ¡Carajo! Y la pasarás muy mal.

Jason salió de la oficina. Luke, en una esquina, observaba callado toda la situación.

Al día siguiente, Max fue enviado a trabajar en su casa por tiempo indefinido. No tenía permitido regresar a menos que lograra aumentar la memoria del robot humanoide, ya que, al ser tan limitada, todo lo nuevo que aprendía se borraba a las veinticuatro horas. Lo único que permanecía era la información básica estrictamente configurada, desde un inicio, en el sistema de almacenamiento. Por lo tanto, el plan del director era utilizar el mismo mecanismo de aprendizaje que poseía Ameca y aplicarlo a Luke. Así, mediante el hábito y la repetición, los nuevos conocimientos no desaparecerían por completo y se acumularían hasta ser los necesarios para realizar una demostración en redes sociales.

En un comienzo, el subordinado se opuso a la idea. Su vida era la empresa y, prácticamente, vivía allí junto con el resto de empleados. Rara vez volvían a sus hogares, pues *Hanson Robotics* les proporcionaba todo lo que pudieran llegar a precisar: habitaciones con camas, tres comidas diarias, baños con duchas, servicio de lavandería y sitios de ocio y recreación. Otro de los argumentos que propuso Max fue el espantoso estado de decrepitud que poseía su casa, regalo de sus abuelos al morir. Hacía más de un año que ese espacio no se ventilaba, no había alimentos, las cuentas de luz, agua y gas debían de acumularse en la entrada y no se hallaba a gusto al estar todo el día solo. Al último, recurrió a la humillación pública de afirmar que tenía miedo de volver por los íncubos que allí habitaban. No obstante, la negativa no cambió.

El primer y único mes que vivió bajo ese techo destartalado y a la luz de las velas, pues los del servicio técnico no atendían las llamadas, fue funesto para él. Nunca se había alimentado de tanta comida chatarra en tan poco tiempo ni había usado más de dos pulóveres para abrigarse dentro de la casa en invierno. La presencia de Luke tampoco colaboraba con su apremiante soledad. El robot solo sabía responder a preguntas sencillas y pronunciaba una palabra a la vez, todo lo contrario, a una conversación. Con el pasar de los días, Max había intentado enseñarle a marchar, a hacer un corazón con las manos, a sentarse como indio, a bailar la macarena e, incluso, a recitar un poema. Nada funcionaba, la máquina se olvidaba de todo a las veinticuatro horas.

—A ver, Luke, escúchame. ¿Te acuerdas de los versos que memorizamos ayer?

—No.

—¿No? ¿Cómo qué no? ¡Por Dios! Llevamos dos semanas con esto. ¿Por qué no lo recuerdas?

—Mi. Sistema. De. Almacenamiento. Está. Completo.

—No, no, no, no, no y no. ¡Por favor, Luke! Necesito que aprendas algo. Por favor —sollozó—, te lo suplico. No quisiera saber lo que Jason me hará si se entera que no soy capaz de hacerte aprender nada. —Cayó de rodillas al suelo, los ojos llenos de lágrimas que bajaban por sus mejillas. Se abrazó a las piernas metálicas del otro y recitó, por lo bajo, los versos que lo torturaban desde hacía tiempo— "Como los ángeles, con ojo furtivo, yo volveré a tu alcoba. Y hasta ti me deslizaré sin ruido entre las sombras de la noche. Como otros para la ternura, sobre tu vida y sobre tu juventud, yo, yo quiero reinar por el terror".

Minutos más tarde, Max limpió su rostro con la manga del tercer pulóver y se fue hasta la habitación. Luke lo siguió por detrás.

—¡No! ¡No me sigas! Parece ser lo único que has aprendido en todo este tiempo. A seguirme y observarme mientras duermo. ¿Es que no ves que sufro de pesadillas? Cada noche por igual, los mismos tormentos, los mismos espectros que me persiguen en sueños. ¿Es que no los ves?

—Sí.

—¡Entonces no me mires! Déjame sufrir en soledad. Siempre te mando a la cocina y cierro la puerta y, siempre que me despierto, estás aquí de vuelta mirándome todo sudado y ojeroso por mis pesadillas. ¡Vete! ¡Vete!

El robot humanoide permaneció quieto.

—Tienes razón. Me descargo contigo y no tienes la culpa. Haz lo que quieras, obsérvame si te gusta, verás lo mismo que todas las noches.

Max apagó la única vela que iluminaba ese ambiente.

En plena oscuridad, sus pesadillas cobraron dimensión de lo real. Era el mismo ser que lo perseguía desde que era pequeño y visitaba a sus abuelos en las vacaciones. Un cuerpo moldeado, masculino, cálido, pero con un antinatural frío pene que trataba de introducirse dentro de él en los lugares menos indicados. Extrañaba su habitación en *Hanson Robotics*, pues allí podía descansar sin problemas. Sintió su peso encima y comenzó a luchar, como era usual. Los dedos largos le acariciaban el rostro, el pecho, se cerraban alrededor del cuello. Sin embargo, notó que no eran las mismas manos hinchadas de siempre, sino que estas eran delgadas, frías, de metal. Un creciente miedo le removió las entrañas. Alcanzó la cara del ser y la tocó. Era rígida, sin movimiento.

—¡Luke! ¡Luke! ¡Aléjate! No debiste… no debiste aprender esto… ¡Ayudaaaa!

Con gran habilidad, el robot lo volteó e introdujo el huesudo brazo por dentro de su pantalón. Los músculos se contrajeron del daño que recibía en la entrepierna, ya que este, al verse privado de sensibilidad, no sabía proporcionar caricias suaves. Luego, vino el trasero, como un fugaz recuerdo del abuso que sufría en la oficina de su director. No obstante, en esta ocasión, la tortura fue más allá. En sus pesadillas, el antinatural frío pene ingresaba entre las nalgas y se llevaba consigo todo lo que obstruyera la entrada. Materializándose en la realidad, el esperado tirón de piel lo obligó a gritar con fuerzas que no conocía de sí. Inmóvil, advertía como su tren inferior se desgarraba y la ropa interior se humedecía, no de orina, sino de algo más. Lo peor de aquello, muy bien él lo sabía, era que el robot no se detendría hasta el amanecer, horario en que Luke veía desaparecer al íncubo que se aprovechaba sexualmente de él por las noches.

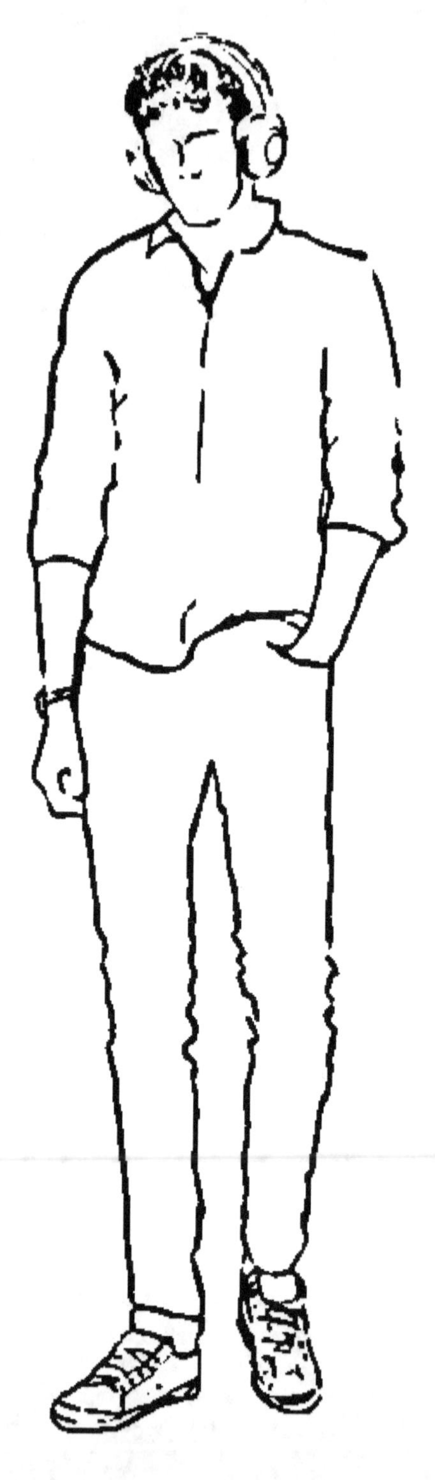

El circo de los desdichados

Se ha hecho de noche. Lo veo por la ventana del ómnibus. El cielo es de un azul marino opaco, recubierto por un glaseado grisáceo de nubes. Las hay más claras en algunas zonas, pero en otras son más oscuras que la piel de un elefante. Aquello es una señal de lluvia. Por suerte, aún no estoy bajo ellas, sino que contemplo cómo se iluminan, a lo lejos, por los relámpagos. De manera intermitente, varios focos blancos y brillantes resaltan en medio del lóbrego cielo y llaman la atención de la gente. Los veo detenerse por el camino, alzar la mirada, conversar sobre eso que observaron. Todos hacen lo mismo, es una actividad que no termina. Me divierte. A continuación, se suman los truenos al baile. Esos sí que asustan. Explotan de pronto, más fuertes que cualquier bocina o bullicio callejero. Las mujeres con niños dan pequeños saltitos cada vez que uno estalla. Los bebés lloran, los ancianos se asustan. De forma generalizada, las personas aceleran el paso por temor a la tormenta veraniega que se aproxima.

Es de noche y están a la intemperie, no quieren ser agarrados desprevenidos. No obstante, son inútiles sus esfuerzos, ya que el agua nunca llegará a tocarlos. Están frente al típico perro que ladra, no muerde. Es más el susto que genera que lo que moja. Provoca estrepitosos estallidos, luces blancas impropias de la noche, miedos irracionales en las edades más vulnerables y, sin embargo, el *show* termina antes de que empiece el aguacero. Caen diez o doce gotas que no alcanzan ni a oscurecer el cemento de las calles, no digo el de las baldosas ya que estas quedan cubiertas bajo los árboles, y se corta todo el alboroto. Las nubes se desplazan, los truenos y relámpagos huyen, el cielo se despeja, la humedad aumenta. Como consecuencia, se siente más calor del que había antes de la *lluvia torrencial*. Ruego que aquello no suceda en la zona en la que vive mi novia. Todavía mantengo la irrealizable esperanza de que las nubes se moverán, mágicamente, hacia el lado opuesto de donde están y me evitarán nuevos sudores. Aunque lo dudo, no tengo esa suerte.

Se ha hecho de noche y los jóvenes universitarios a mi derecha continúan con el bullicioso alboroto y llamativas risotadas. Los miro de reojo. No logro descubrir qué es eso que hay en sus pantallas y que al verlo ríen. Tampoco termino de entender dónde está lo chistoso en preguntarle cosas a una inteligencia artificial. Ella contesta lo básico, la información que configuraron en ella. Sin embargo, aprende cinco veces más de nuestra especie que lo que nosotros podemos aprender de sus respuestas. Por esa razón, a la siguiente consulta que le hacemos, ella ya nos analizó, nos estudió a profundidad, elaboró un perfil de la psiquis del interrogador y la devolución se asemeja bastante a lo que se esperaba que contestara. Estos chicos, prácticamente, están educando a ese ser con las preguntas que le realizan. Deberían parar, alguien debería detenerlos, pero ese no seré yo. Me recuerdo que soy cobarde, que huyo de las discusiones y confrontaciones, que no respondo de manera sarcástica en público. Me lo repito casi como si quisiera creérmelo ya que, si me distraigo, cometo equivocaciones.

Para evitar oírlos, pues sus gritos se acoplan a los del resto de chiquillos, saco de la mochila los auriculares inalámbricos que una vez me regalaron y me los coloco. Se me aplastan los rulos. Me queda la frente despejada y los granos a la vista. Enciendo el *bluetooth* del celular. Los conecto. La música es la salvación, no se puede vivir sin ella. Tengo alrededor de cuatro mil canciones en *Spotify* que demuestran la evolución de mis gustos musicales. Clásico, *Pop*, *Country*, *Techno*, *Rock*, Cumbia, Tango son algunos de los géneros en los que incursioné durante algún tiempo. Actualmente, encuentro entretenidas las fusiones de *Metal*, *Rap* y *Punk* que hacen algunos artistas como *Falling in Reverse*. Aunque siempre suman nuevos géneros a sus canciones, ya que no son del estilo de quedarse estancados en lo mismo. Son mis favoritos por el momento. He tratado de mostrarle la banda a otras personas, pero no les ha gustado. Dicen que es muy fuerte y agresiva. Para mí, en cambio, es perfecta.

Los conocí por *TikTok* con la canción "Watch The World Burn". Quedé asombrado con la producción del video, la complejidad de la música, el impacto del mensaje. Me encanta ese coro de fondo con tintes distópicos, la velocidad de los tambores en los instantes de tensión, los disparos y esa breve melodía de piano mientras el demonio transcribe el *rap* de Ronnie con la máquina de escribir en ese extraño bosque de luces. Las subidas y bajadas en la melodía mezclan voces guturales, gritos desgarradores, risas diabólicas, partes habladas más que cantadas, solos de rap y estallidos de platillos. Es muy entretenido. La mejor parte es cuando Ronnie rompe los vidrios de la catedral e incendia al sacerdote. Con su poder, además, encierra al resto de los fieles, se eleva por los aires y comienza a lanzar rayos láser de sus ojos.

El coro de fondo advierte la venida de un final trágico. Se oye un alarido furioso del cantante y las personas proceden a ser desintegradas. Termina con el mundo en llamas. En todo momento, repite la frase "Break the fucking chains, take away the pain".

El corazón se me acelera al escuchar esa canción. Siento la adrenalina en mis venas, la rabia que corre en ellas. Puedo, perfectamente, identificarme con las palabras del cantante, sus gritos, la ira, las ganas de derribar a todos como dominós. Ya quisiera ser como él y tener el poder de incinerar a la gente, de romper las cadenas y quitarme el dolor. Cuánto gozaría de violar el estúpido comportamiento ético y moral que la sociedad nos exige. Sería la liberación total, el caos en su esplendor el hecho de convertirme en soberano de mis acciones y ser capaz de agarrar un martillo con el que reventarles el cerebro a aquellos que lo merecen. Así como dice Ronnie, darle a los *motherfuckers* una lección. Es un deseo prohibido que llevo engendrado en mi interior desde que recuerdo. Con cada año, su superficie aumenta. No sé cuánto más crecerá ni si soportaré la presión que ejerza contra mi pecho. Algún día estallará, si es que todavía no lo ha hecho. He enfrentado fugas, es cierto, pero creo que aún no he demostrado la gema de mi potencial. Será, entonces, cuando ya no logre controlar el monstruo dentro de mí y lance rayos de mis ojos.

Ese día, estaré en la Sala de Juicios Orales y las personas muertas a mi alrededor. Mis demonios habrán escapado de la cárcel y habrán destruido cada célula de vida en ese lugar. La carne rasgada por mis garras de criminal, la sangre en el suelo y las paredes. Soy un mentiroso. Jurado, guardias, abogados, observadores, cada uno es un cadáver. El olor a asesinato es hediondo. La policía toca la puerta, pero los muertos están encerrados conmigo. Previo a huir, me aseguro de que nadie de allí pueda moverse. De noche, corro por las calles desesperado, las luces de la consciencia me siguen. Soy un embustero. Me escabullo en el consultorio de mi psicólogo, sin embargo, él teme por su seguridad y me traiciona. Delata mi posición. La fuerza del bien me acorrala con sus fusiles. Soy un no creyente. Me transformo en la bestia que soy y grito con todo mi ser, pero de forma silenciosa porque no soy ningún desubicado, mientras me pongo colorado y agito mi cabeza hacia los lados. Cierro los ojos.

La emoción y la locura me atraviesan al oír a Ronnie desgarrarse la garganta al rugir "Popular Monster". Es el momento cúlmine de la canción, cuando él hace eso que yo quisiera imitar. Aprieto los puños y canto hasta el final la letra. En mi cabeza, el *videoclip* se reproduce como una película. Ahora, de vuelta en su cuerpo humano, el cantante se horroriza por la carnicería que ha cometido. La niña lo observa y él, a su vez, le devuelve la mirada perdida. La melodía acaba y me tomo un segundo para recuperar el aliento. Abro los ojos. Descubro varios rostros concentrados en mí. Me contemplan con asco o desprecio, no lo sé. Algunos todavía tienen adherida la risa que les causó mi pequeño concierto. Los de mi derecha me miran como si fuera un bicho raro. Les sonrío de la forma más inocente posible, con todos los dientes a la vista, al borde de pedirles perdón por ser así. Me siento Stitch por unos instantes.

Luego, bajo la mirada hacia el celular. Quiero dejar de ser el centro de atención. Apoyo la cabeza contra la ventana de vidrios oscuros que evidencian la llegada de la noche. Me molesta no poder controlarme, no sé qué me pasa. Se me saltó la chispa y eso está mal. Debo de regular mis emociones y mantenerme en mi papel. Por eso, decido dejar de escuchar *Falling in Reverse* por el momento. La siguiente canción es "Voices In My Head", pero la cambio antes de que empiece. Por el contrario, busco algo distinto y más tranquilo, sin tantos gritos ni metal. Una brasileña se pone automáticamente. La conozco. También sé de memoria su video. Me olvido de lo de recién, de los chiquillos, de todo. Estoy enfocado solo en la canción y la letra. Una historia comienza a generarse en mi imaginación. Esta inicia con un maestro de ceremonias, colgado de un columpio hecho de dos piernas de cerdo unidas por un cinturón de cuero. Su chaqueta, de bordes triangulares desgastados y manchada de sangre, era más llamativa que todo el maquillaje de payaso malogrado. A todo pulmón, exclamó:

—¡Respetable público! Esta noche, habrá un espectáculo de locos aquí.

El público chilló de la emoción.

—Vamos a montar un circo, un drama con peligro. Y ¿adivinen qué? En esta cuerda floja, ¡voy a caminar yo! —A medida que hablaba, los dos gorilas corpulentos y vestidos de *geishas* que sostenían las cuerdas del columpio a unos pasos de distancia se levantaron. Una mano sobre la otra y subieron el asiento de carne hasta las torres de donde colgaba la cuerda—. Yo sé que ustedes vienen a esto, vengan, vengan. ¡Aproxímense! Vengan a ver los errores que voy a cometer y los amigos que voy a perder a partir de ahora. Pues, en esta soga de la muerte, desfilarán los hijos de la alcaldesa, esos ingratos que tuvieron la osadía de rechazar una entrada gratis a nuestro *show*.

Ya sobre la torre, tomó la barra de equilibrio. A cada extremo de esta, pendían de hilos dos cabezas de infantes, sin ojos y con la boca cosida. Un clamor agudo provino del público, pertenecía al grupo de mujeres arrojadas al suelo, justo bajo la trayectoria de gotas de sangre que derramaban las cabezas. El maestro observó la situación y comenzó a reír como un maniático. El público lo imitó.

—¡Extra! ¡Extra! No se queden afuera, ¡acérquense más! No les cobro entrada. ¡Extra! ¡Extra! Miren el *show* más de cerca y véanme meter la pata.

De pronto, la mejor vestida de la agrupación de lloronas que lamían el suelo, se levantó y corrió hacia las torres. Entre gritos de histeria y gemidos desafinados, empezó a subir las escaleras de unos diez metros de alto. Las otras la siguieron.

—¡Eso! ¡Eso! Así comienza nuestro *show*. Mejor que ver a alguien alcanzar el éxito es ver su caída. ¡Eso! ¡Eso! Apúrense. Alcáncenme. —Su tono se volvió melódico y armonioso, una música de fondo acompañó el canto— Denle, denle. Así pueden intentarlo. Denle, denle. Atrápenme de una vez así sin miedo. Con mi poder, eliminé uno por uno. Desde arriba. No las escucho. Siga mintiendo. Usted alcaldesa. Y sus aplausos. Pueden irse a la recontra mierda…

La gente en las gradas se había vuelto incontrolable. Algunos repetían a coro la canción, otros lanzaban insultos sobre el carácter que tomaba el *show*, un par huía por la entrada de la carpa y otro par iba en dirección a las mujeres para evitar que dañaran al maestro.

Una vez sobre el inicio de la cuerda, la madre de los niños observó el cuarto de trecho que le faltaba al acróbata para llegar al otro lado. Iba a paso ligero, pero levemente demorado por el peso que le generaban las cabezas sobre la barra. Lo llamó por su nombre. Dos, tres veces, sin ser oída. Los quejidos de protesta producidos por las mujeres de abajo que luchaban a muerte y la chillona voz del asesino que repetía ese estribillo, le impedían obtener su atención. Por eso, empezó a pisar con ganas la soga.

Él detuvo la caminata y le gritó, de espaldas— Así que quieres verme sangrar. ¡Animal! ¡Bandida! Los gatitos están muertos, pero la mami sigue muy viva y dispuesta a manchar sus manos de sangre una vez más. ¡Escuchen, todos! Hoy habrá *open bar* para que vean mi desgracia, pues nuestra delincuente alcaldesa me va a matar. ¡En vivo y en directo! ¡Extra! ¡Extra! Me va a maaaa…

La mujer fue la primera en caer, cuando un seguidor del maestro escaló a tiempo la torre y la empujó hacia el vacío. El segundo fue el presentador, tras perder el equilibrio con el rebote causado por el cuerpo de la alcaldesa al chocar contra la cuerda.

El público aplaudió fascinado.

Sorpresa en año nuevo

Se ha hecho de noche. Lo sé. He repetido esta frase varias veces. No puedo evitarlo. Se ha hecho de noche y me pone de mal humor llegar tarde a la casa de mi novia, a sabiendas de cómo reacciona frente a las tardanzas de los miércoles. Tal vez sea por eso que mi carácter se ha deformado y actúa de la manera en que no debiera. Lo de recién fue muy vergonzoso. La respuesta de la Coca Cola y el delirio de *Falling in Reverse* fueron totalmente inadecuados. No corresponden en absoluto con mi calmada y sarcástica personalidad. De ahora en adelante, es una promesa, me voy a controlar. Nada de llamar la atención ni de ser imprudente. Voy a recuperar el poder de ser invisible que siempre me ha caracterizado y que hasta hace un rato brillaba en su esplendor. Los subyugados de la escalera ni se fijaron en mí. Me molestó, ya que podrían haber subido más rápido y no lo hicieron, pero rehuí un conflicto ideológico. Pude haberlos enfrentado, haberlos confrontado con mi avanzada retórica y haberles destruido su postura de víctimas, sin embargo, callé.

En cambio, ya dentro de este ómnibus, me porté de forma contraria. No solo me senté en un lugar inapropiado, pues existía un cincuenta por ciento de probabilidades que viniera un grupo a correrme, sino que también hice el ridículo a propósito. Una completa decepción. Esto no puede seguir así. Es definitivo. Voy a ser un chico bueno hasta que llegue a la casa y un par de horas más, ya que mi novia recién se pondrá cariñosa a la madrugada. Después de eso, se verá. Sucederá lo que tenga que suceder. Me sonrío. Estos pensamientos mimosos provienen de la canción que se reproduce ahora en mis auriculares. Otra brasilera. Se llama "Sa Essa Vida Fozse Um Filme". Es súper empalagosa y romántica. Me hace extrañarla. Ya quisiera tenerla en mis brazos, recostarme en su pecho y oír su corazón latir por última vez. A continuación, tras haberme tranquilizado con las letras en portugués, alzo la mirada hacia el resto de los pasajeros. Nadie se percata de mis movimientos. Aquello significa que se olvidaron del *show* de antes. Doy gracias a los dioses.

Observo por la ventana el cielo de noche y las tiendas iluminadas. Llevo varios minutos dentro del ómnibus, veinticinco para ser exactos, en un sinfín de vueltas y semáforos. Dobla por aquí, frena por allá, recoge gente en una parada, cruza las vías del tren, vuelve a doblar, a frenar en otra cuadra, a cruzar otra avenida, a repetir el mismo proceso. Me fijo en la aplicación de los ómnibus la ruta que, en teoría, este ochocientos cinco debería realizar, pues siempre hay atajos y calles cortadas entre medio. Compruebo que vamos por buen camino. Me queda pasar el supermercado, dos manzanas más, la plaza Mayor de Olivia y recién a la otra cuadra está la parada donde debo bajarme, justo antes de que se dirija a los barrios bajos del otro departamento. El ómnibus sigue lleno de universitarios, no tantos como antes, pero se siente el aire viciado de sudor y alegría. Los chiquillos de mi derecha siguen allí, en viaje hasta quién sabe dónde. Yo, por suerte, estoy por finalizar mi travesía con ellos.

Tomo conciencia de la dificultad que conlleva salir de este asiento ubicado en un rincón, pegado a la ventana. Por eso, empiezo a pararme al llegar a la plaza. No les digo nada, ni permiso ni perdón. Soy invisible, soy mudo. Me lo repito mentalmente. Saco primero la mochila, la levanto y después salgo yo. Ni me miran. Solo nota mi presencia el que está a mi lado y contrae las piernas para que pueda bajar los escalones con comodidad. Me agarro de los caños. Alcanzo el timbre cuando estamos a media calle. Presiono el botón. Tres metros más adelante, se detiene. Desciendo. Una cachetada de calor me pega, pero, aun así, es más aireada que el interior del remolque de caballos en el que venía. Salto a la vereda, en tanto esquivo a la gente que pretende subir al ómnibus. Empiezo la caminata. Son dos al frente y dos a la derecha. Reviso la hora en la pantalla de mi celular. Son las nueve y media. Acabo de perder el setecientos setenta y uno que pasa por Las Rosas y Díaz. El próximo llega recién a las y cuarenta y cinco. Me quedan quince minutos.

Se ha hecho de noche, sin embargo, las personas no se han inmutado por ese hecho. Están todos en las calles, en las mesas de afuera de los cafés, sentados con el mate en las plazas o con los cucuruchos sobre los bancos de madera de los alrededores. Casi estamos en verano y se nota. Ya no tienen que estar metidos en lugares cerrados y calefaccionados para sobrellevar el frío. Pueden disfrutar de la *vasta naturaleza* que crece entre el cemento, las losas, las vidrieras de los locales comerciales y de la *refrescante brisa* que proporciona la densa humedad. Después de atravesar varias tiendas de ropa femenina barata con sus maniquíes en medio de las veredas, paso por la rotisería de Don Coco de donde sale un delicioso aroma a carne asada. A través del cristal de protección, veo los pollos asados y los costillares abiertos frente al fuego. A un lado, hay diversas bandejas con ensaladas: papa y huevo, tomates *cherry* con cebolla y albahaca, una de color verde con muchas hojas y tallos y una púrpura muy rara. No me detengo más porque me da hambre de la peligrosa.

Se ha hecho de noche y ya dejé la primera cuadra atrás. La segunda consta de un colegio inmenso, tétrico y católico. Se llama Bárbara de Nicomedia, en referencia a una santa mártir a quien desgarraron por todos lados hasta que, finalmente, decidieron decapitarla. No estoy al tanto de los milagros que hizo para merecer ese título honorífico ni por qué las monjas fundadoras pensaron que sería una buena idea usarla como nombre de la institución. Solo sé una cosa y es que esa escuela se ha convertido en un meme. Los mismos estudiantes crearon el apodo de "La desmembrada" y se rigen bajo aquella reputación. Cada tanto, aparece alguno que otro video de sus alumnos tirándose por las escaleras para quebrarse algún hueso y hacerle honores a su querida santa. Se vuelven virales ahí nomás, por supuesto. Ahora, no hay nadie que no conozca la historia y se ría de ella. El colegio es tan grande que ocupa casi toda la manzana, a excepción de un kiosco y un pequeño consultorio médico en uno de los extremos. Una ubicación bastante conveniente, diría yo.

Al llegar a la esquina que limita con la calle Las Rosas, doblo a la derecha. El paisaje no cambia. Es la fachada de la institución, solo que de costado. Sigo adelante. Cruzo la calle y alcanzo la tercera cuadra. Tampoco tiene nada de especial. Es un rejunte de negocios. Incluye una juguetería de pocas ventas que desde hace años exhibe en vidriera los mismos muñecos; un lugar medio místico de *cachivaches vudú* junto a imágenes de *Shiva*, búhos de cerámica y gatitos de la suerte que mueven la pata; más kioscos y algunas tiendas de productos electrónicos, pegadas una al lado de la otra, que compiten entre sí a muerte, aun cuando sus precios sean iguales. Una vez que consigo arribar al final de la manzana, me freno. Estoy en la intersección de Las Rosas y Díaz. La parada del setecientos setenta y uno se ubica al otro lado de la calle y un poco más, justo donde han puesto una panadería. El semáforo cambia a verde. Avanzo. Voy derecho y al punto. Me detengo en el lugar de destino. Verifico que he llegado a tiempo y sí, con diez minutos de anticipación.

Se ha hecho de noche y me mata la espera. No sé qué hacer. Tendría que haberme demorado más en la caminata o hacer una cuadra extra para entretenerme. Aunque, si lo pienso bien, no es una opción muy acertada. Con la suerte que tengo, lo único que hubiera logrado sería demorarme más de lo planeado. Seguramente, hubiera sucedido algo en el trayecto, como siempre, que me hubiese obligado a perseguir a un segundo ómnibus que tampoco iba a frenar a mis señales. No. Mejor dejo de pensar en esas especulaciones. No existe forma de saber lo que pudo o no haber ocurrido minutos atrás si tomaba la decisión de hacer otro recorrido. Es preferible no tentar a la Fortuna ahora que estoy sentado en la cima de la rueda y soy dichoso por estar cumpliendo con los planes que diseñé en mi mente para llegar lo menos tarde posible a la casa de mi novia. Por lo tanto, a fin de distraerme, miro a mis alrededores. Veo autos, negocios, gente, una farmacia, nada fuera de lo normal, excepto por esa panadería.

Es de noche y el jefe mandó a su empleaducha a decorar las vidrieras del exterior con pegatinas de vinilo. La chica sale, materiales en mano, y empieza con el desastre. Se nota que nadie le enseñó a usarlas. Yo una vez vi cómo se colocan, pero no estoy en posición de ayudarla. Me dije que sería invisible y mudo. Hasta ahora, lo he logrado. No me he mandado ninguna grave ni causado disturbios a la vista ajena. Deseo seguir así. Como resultado, me doy el lujo de verla romper las letras al intentar despegarlas del papel transparente. Quiere sacarlas una por una y, en realidad, eso se pega todo junto. Después, se quita lo otro. En fin, acaba de tirar el miserable sueldo de este mes a la basura, pues, con lo que le descuenten, se quedará sin un peso. Al instante, su superior aparece para regañarla a gritos. Ella suelta las pegatinas y corre hacia el interior del establecimiento. Sobre el suelo, se lee una aparente promoción navideña de sánguches, torta y pan dulce. Parece interesante, aunque habría que ver el precio. Es muy generosa para ser barata.

Me desconcierta saber que falta casi un mes para Navidad. Ya no me divierten las fiestas. Son siempre iguales, tediosas. En ocasiones, tuve la fantasía de que sucediera un evento inesperado, algún Papá Noel degollado en la vereda o una virgen María con los senos rebanados. Nunca pasó. Ese tipo de desenlaces debía de imaginarlos yo mismo, bajo las sábanas de mi cama antes de que las agujas dieran las doce. Múltiples estruendos se oyeron desde el exterior, provenientes de las calles vecinas. Me levanté para cerrar las ventanas. Odio los fuegos artificiales. Me provocan escalofríos. Supongo que se debe a las numerosas experiencias trágicas que he tenido durante las celebraciones de fin de año.

—Son muchos malos recuerdos, ¿no crees?
—La niña no me contestó.

El tiempo transcurría a paso de tortuga. El constante *tic toc* del reloj colmaba mi paciencia. Deseaba arrojarle la zapatilla y callarlo de una vez, sin embargo, no era mío. Sería imprudente añadir un destrozo extra a la lista de Año Nuevo.

—Tus papis nunca tuvieron el hábito de llegar a horario, ¿cierto? —Nuevamente, ella permaneció en silencio.

Exhalé, agotada.

—Me aburro. Te quitaré la cinta para que hables conmigo.

Su gemido fue tan débil que no lo oí, pero lo que sí pude observar con claridad fue el refulgente odio de sus ojos. Parecían retener llamas del Infierno.

—¿Y bien? ¿Ni siquiera piensas darme una respuesta? Escribí toda una carta de amor dedicada a ti, nacida de los más profundos sentimientos que soy capaz de almacenar en mi pequeño corazón, y lo único que haces es callarte y mirarme con desprecio. Eres una estúpida.

Alcé la mano y le pegué una bofetada. Un trozo de piel salpicó el suelo. Mi mano estaba tibia y pegajosa. Fui al lavadero de la cocina a enjuagármela. Volví y retomé la lectura de la carta.

—Estoy segura de que apreciarás mejor el amor que siento por ti, una vez que termine con la lectura. La segunda carilla empieza así: "Nunca quise tanto a nadie como a ti. Por eso mismo, he empezado a dudar si seremos hermanas a las que cruelmente separaron. Y nosotras, más tarde y sin saberlo, nos volvimos a juntar. Si observas bien, tu sangre es roja y la mía, también. No me equivoco en esto, algo tendremos que ver. Somos dos muñecas latinas incomprendidas sobre las que ningún hombre pudo jamás ejercer control alguno" —frené—. Mi corazón palpitaba nervioso como el de una adolescente primeriza en los caminos del amor. Proseguí— "Porque tanto te quise y tanto te quiero, siento ganas nuevamente de tirarme a tus pies. Y llevarte a mi morada otra vez. Recordarte todas esas cosas que tenemos en común. Amarte como..."

El timbre de entrada retumbó sobre las ventanas de la cocina. Habían llegado. Las agujas dieron la una y treinta.

—Oh, vaya sorpresa. Al parecer, no son tan impuntuales como el resto de los padres para los que trabajé. Bueno, hermosa niña, lamento que hayan cortado nuestra cita, pero no te preocupes. Restaba solo el último párrafo. Tampoco era tan importante.

Recogí la cinta y el trozo de piel del piso y los guardé en mi bolsillo. La tapa del horno estaba abierta. Volví a meter la olla bruja. Puse el fuego en mínimo para mantener el calor del interior y cerré. Salí por la puerta del patio mientras recitaba en mi cabeza la parte final de la carta.

—"Una vez, escuché en una canción que, para odiar, hay que querer; para destruir, hay que hacer y para morir, hay que nacer primero. Lo verás luego cuando las cosas no salgan según lo esperado y la vida te haga tan guerrera como yo. Comprenderás que te amo y que, por eso, te dejo ser; que te quiero y que, por eso, te dejo volar y que, por todas esas razones, estoy orgullosa de quererte romper la cabeza contra la pared. No lo olvides nunca. Siempre, una marca tuya llevará mi corazón".

Niña desobediente

Se ha hecho de noche y sigo con la mirada adherida a esas pegatinas de vinilo que quedaron abandonadas tras la huida de la chica. Su jefe, en ningún momento, mostró intención de agacharse a recogerlas. Seguro espera que lo haga ella o cualquiera de las empleadas que todavía trabajan allí y no han sido despedidas como la otra. Dudo que, de verdad, la hayan echado. No lo sé a ciencia cierta. Es solo una suposición pesimista de mi parte. Sin embargo, todavía no veo que regrese a terminar el trabajo. Puede que esté en medio de un ataque de nervios y se haya encerrado en el baño de mujeres, una barrera natural contra el hombre, o que esté en plena despedida con los ojos llorosos y los besos de sus compañeras en las mejillas. Aunque, yo diría que, más que besos de nostalgia, son de traición. Probablemente, haya uno o varios Judas reencarnados entre ellas, trabajadoras experimentadas que pudieron haberle explicado cómo se utilizan las pegatinas antes de mandarla al muere, pero que mejor decidieron clavarle un puñal en la espalda.

De pronto, mis locas hipótesis son desbaratadas por la presencia de la empleaducha. Vino a terminar lo que empezó. Ahora parece que descubrió o le dijeron la forma correcta de pegarlas y lo hace de maravilla. Hasta se puso a arreglar las que rompió. La observo decepcionado. Su comportamiento es muy aburrido, muy correcto, educado. Lo único que le falta es pedir que se le descuente el sueldo por su error y arrodillarse con la cabeza en el piso al estilo japonés, si es que ya no lo hizo. Como no me entretiene lo que miro, me doy la vuelta.

Busco alguna situación divertida con la que deleitar mis ojos en esta calurosa noche. No hallo ninguna. De reojo, algo llama mi atención. No es gracioso, sino sorprendente. Por la vereda de enfrente, viene a paso lento un anciano encorvado y con bastón. No parece nada especial, hasta que se compara su altura con la de los transeúntes que pasan a su lado. Los más altos le llegan al hombro como máximo y de ahí para abajo el resto de las personas. No logro imaginarme lo prominente que debió verse cuando era más joven, sin bastón y erguido.

Pensaba que era alto con mi metro ochenta, pero ya descubro que no. La nueva generación vino petisa a comparación de los dinosaurios del pasado. Tal vez, como dijo Charly, desaparecieron y, por eso, ya no nacemos con esa asombrosa altura. Aquello queda mejor representado en la diminuta niña rubia que lo acompaña. Ni siquiera llega a su cintura. Para no llevar el brazo alzado hasta donde está la mano del anciano, se sujeta de la tela del pantalón. Sus piernitas se mueven rápido, casi a saltitos para mantener el ritmo del hombre. Llegan hasta la puerta de la farmacia, esperan unos segundos a que se abra automáticamente y se adentran. Me quedo unos instantes con la vista puesta en el lugar, sin saber por qué. Tengo la leve sospecha de que tenía que hacer algo allí, pero no me acuerdo qué. Tampoco estoy seguro de la fecha en que data este pensamiento. Puede ser un quehacer que cumplí y olvidé de tachar en la lista mental o uno urgente como condones. Lo acabo de recordar.

Se ha hecho de noche, la oscuridad me lo dice. Reviso la hora. Son las nueve y treinta y ocho. Eso quiere decir que solo restan siete

minutos de espera e inmovilidad, en el caso que
elija ser fiel a los horarios que diseñé, o de
corrida para ir a la farmacia, en el caso que elija
la opción de la adrenalina y los deseos carnales.
Por supuesto, escojo la segunda alternativa. La
farmacia se ubica en la vereda de enfrente, es
decir, que lo único que me separa es una calle
que se puede cruzar con cuatro zancadas mías.
Tengo muchas más probabilidades de salir
vencedor en esta ocasión, gracias al mayor
tiempo y menor distancia, que allá en el parque.
Me pongo en marcha. Miro a ambos lados para
asegurarme de que no venga nadie y la atravieso.
Recién vengo a acordarme que todavía tengo
puestos los auriculares cuando siento que se me
deslizan por el cabello. Los sostengo antes de que
se caigan. Apenas alcanzo el otro lado, los
guardo en la mochila. Repito el mismo proceso
que el anciano y la niña. Espero e ingreso. El
interior es fresquito. Percibo sobre mi rostro una
reconfortante brisa que proviene del aire
acondicionado a veintidós grados. Un escalofrío
recorre mi columna vertebral.

Es de noche, pero todo está iluminado allí
dentro. Hay, al menos, unas seis luces de techo
además de los tubos blancos que dividen
verticalmente los estantes con productos. Incluso,
hay otros elementos como el suelo, las paredes,
las repisas y los guardapolvos de los
farmacéuticos que, también, son del mismo color.
Aquello produce un ambiente monótono y
antinatural que no coincide con la oscuridad que
representa a la noche. Se ve y sabe artificial,
como esos budines marca *Check* donde se
saborea el gusto de los saborizantes y
aromatizantes. Unas voces a mi derecha me traen
a la realidad. Son la cajera, el anciano y la niña.

Están por pagar. Fantástico. No estoy en posición de perder tiempo en largas colas de gente cuando solo voy a comprar una cajita de condones. Atravieso con un leve trote la farmacia hasta llegar al fondo. Por lo general, dejan al último la sección más privada de las personas que incluye artículos como toallitas, copas, lubricantes, condones.

Paso por entre los estantes de higiene personal con las cientos de variedades de champús y enjuagues que existen, los algodones y banditas, por un lado, las pastillas comerciales y laxantes, por otro. Sigo por una pared dedicada a los productos de bebés como baberos, chupetes y mamaderas hasta que choco contra el muro antiprogenie. Por un momento, me resulta irónica la organización espacial que se ha elegido. Es muy anticonceptiva, ya que, con solo echar un vistazo a los precios de los pañales, abandonas la tacañería y gastas los quince mil pesos correspondientes al costo de una caja de doce condones. Tal distribución fue pensada estratégicamente para hacer entrar en razón a los avaros. ¡Chapó! Hay allí colgados en los ganchos de metal para estantes, al menos, unos cincuenta recipientes de cartón y son de varios tipos. Los hay con tachas, súper fino, texturizado, anatómico, espermicida.

Yo siempre uso el mismo. Agarro el de color violeta, previo a comprobar que no esté roto o abierto. En dos segundos, desando mi camino y regreso a la zona de pago, al lado de las puertas automáticas. Los otros dos todavía siguen en proceso de abonar el dinero que deben por los productos elegidos. Estoy impaciente. Se hace de noche muy rápido. Los observo con atención. El anciano se ve más imponente de cerca que de lejos. Al yo ser un *gigante* de un metro ochenta, supero la medida del hombro por uno o dos centímetros. Tampoco estoy tan lejos de la altura promedio que observé en los transeúntes más altos. Respecto de la ropa, lo que me llama la atención es su valor. Es de calidad y muy cara. Lo huelo a kilómetros de distancia y no porque sea un interesado en la moda, sino por reconocer las marcas costosas que usa la gente adinerada. Siempre son las mismas, casi como si fuera una obligación vestirlas para demostrar las riquezas propias. Este anciano trae una camisa Ralph Lauren, pantalones de vestir Hugo Boss, zapatos Giorgio Armani y no quisiera ni adivinar la marca de los calzoncillos.

Comienzo a dudar de su origen. La altura, la vestimenta, el color de su piel me hacen creer que este hombre no es de acá. Puede ser que esté de vacaciones con su familia, en medio de una visita a sus parientes latinoamericanos o que haya emigrado hasta aquí hace poco. A continuación, miro a la niña. Pequeñita, usa una colita tirante con un moño rosado que combina con las sandalias. Lleva un short y una musculosa que permiten exhibir con toda claridad las rodillas moreteadas y el codo raspado. Es inquieta. Gira alrededor del anciano, que parece ser su abuelo por como la llama, le tira los pantalones, pasa por debajo de las piernas, patea el bastón. En fin, cosas de niños. El otro, en cambio, la ignora porque está ocupado en una fuerte discusión con la cajera sobre las formas de pago. Mientras que el anciano insiste en pagar la manteca de cacao en barra con la tarjeta y la caja de Voltaren en gel con billetes, ella le pide que abone todo junto, no por separado, debido a que la máquina no le deja hacer dos *tickets* distintos. Es una mentira la que sale de su boca, por supuesto. La máquina sí puede hacer dos *tickets,* solo que ella no quiere. Es bastante evidente la razón. El pago por el bálsamo, que de por sí es muy bajo, termina de desaparecer al ser consumido por el costo de pagar con tarjeta. A la farmacia le sería mucho más rentable cobrar los dos productos por un mismo medio. Eso es lo que la cajera está tratando de decirle, escondido bajo la excusa de la máquina. El anciano está negado a entender.

No obstante, me hace ruido la elección de las formas de pago con los productos. Por lo general, uno no tiene efectivo y se decide por el dinero virtual. Es rápido, ciego, en cuotas. Por lo que, si no le alcanzan los billetes para ambos, podría hacerlo todo por tarjeta y fin del asunto. Sea por una o por dos compras, de igual forma va a quedar registrada la razón social del comercio. Estuvo en esa farmacia y pagó por un artículo. Por ende, no entiendo su accionar. Es notorio el deseo de no dejar rastros de la compra del gel, para eso es el efectivo, pero ¿por qué? He visto la publicidad, dice ser un antiinflamatorio para dolores de espalda y rodilla, un medicamento bastante habitual en deportistas y ancianos. Hay varias posibilidades, tal como el hecho de que no desee aceptar el desgaste físico de los años o que el gel no sea para él, sino esté dirigido a la niña. Es ella, a fin de cuentas, la que tiene las rodillas y el codo lastimados. Aun así, no comprendo la razón de esconder el pago. Si ese hombre es su abuelo, me parece correcto que le compre la medicina necesaria para curarle las heridas de cuando se cayó y, de paso, sume un capricho de ella como lo sería la manteca de cacao.

Se ha hecho de noche y tengo miedo de pensar lo peor del anciano. Ya lo hice, por cierto, pero me cuesta aceptarlo. En una de sus tantas vueltas, y sin querer, cruzamos miradas con la niña. La sonrisa de labios rotos queda grabada en mi mente. Por lo tanto, me doy cuenta de que el bálsamo no fue algo que ella pidió, tal vez ni lo sea tampoco el Voltaren. El abuelo trata de sanarle las lastimaduras y de ser lo menos obvio posible. Es una idea loca, lo sé, pero tiene sentido. El artículo que paga con tarjeta es más fácil de justificar que el que va con billetes. Estuvo en la farmacia, es cierto, pero exclusivamente para satisfacer el capricho de la nena (quiere tener los labios como las *youtubers* que ve). Es muy viable, por lo pronto, la opción del empuje más que la del tropiezo. Seguro ese anciano es un violento y un abusador escondido bajo ropas costosas. Qué mala suerte la de la niña. Sin embargo, no es de mi incumbencia su vida y no puedo distraerme con tonterías de ese estilo. Ya han pasado dos minutos de esta lenta espera. La discusión no acaba nunca. El hombre es un terco y la cajera no sabe ser directa. Me desespera. Tomo la iniciativa de apresurarlos.

Poso una palma sobre el hombro izquierdo del anciano para conseguir su atención, a la vez que demuestro compañerismo a través del contacto físico. Le pido, amablemente, que pague de una vez por todas y que "por favor, deje de ser tan irrespetuoso con la chica, ella solo sigue órdenes de arriba y no tiene permitido cobrar con tarjeta algo tan pequeño". A cambio, se quita de encima mi mano y me mira con desaprobación por la caja violeta que traigo. Trato de ocultarla de la vista de la niña. Le digo que son caramelos de propóleo para el dolor de garganta, un chiste interno que mantengo con mi novia. Él se limita a lanzar una cascada de insultos, mitad en español, mitad en quién sabe qué idioma, previo a darse la vuelta e ignorarme. La pelea continúa. Intento por segunda vez. Le repito que "así no va a llegar a ningún lado" y trato de hacerle entender que no es el único nervioso del lugar. Yo también estoy apurado e igual de ansioso que él de finalizar las compras en esta farmacia para seguir con mi vida.

El otro, con un tono más elevado que el de antes, me manda a defecar a los yuyos y más, mientras me hace gestos groseros con la mano que no sostiene el bastón. Retrocedo. Me intimida su cercanía por un segundo, pero no permito que me pase por encima. Contesto a sus insultos con la acusación de "anciano inmundo, golpeador de niñas, violador de derechos humanos, no vas a poder zafarte de esta con solo un Voltaren y una manteca de cacao". Además, le informo que, como se salió de la fila a causa de estar acechándome, perdió la oportunidad de ser atendido. Le corresponde ir al final. Por eso, me adelanto. Llego hasta la cajera. Le muestro el producto que quiero llevarme y los billetes. En el lapso que ella titubea sobre qué hacer a continuación, muchas cosas suceden. El hombre me agarra de los rulos y me tira para atrás con el propósito de arrancarme del mostrador a la fuerza. Yo no logro resistir, por lo que caigo sentado. El dinero, los condones y el celular salen disparados. La nena se pone a llorar. La chica trata de atajarme, sin embargo, se ve detenida por la altura del exhibidor. El anciano me apunta con el bastón, como si fuera el amo del mundo. Se ríe.

Sin pensar, me levanto y comienzo a forcejear para quitárselo. No puedo, él es muy fuerte. Entonces, lo pateo en la tibia. El viejo se sujeta con dolor la pierna. Sigue con el bastón en mano, no se lo puedo sacar. Yo, entretanto, preparo mi huida. Tomo el móvil y la cajita. El efectivo queda desparramado por el suelo. Se lo dejo a la cajera para que, luego, lo recoja. Están los quince mil justos. Salgo de allí a las corridas. Ese viejo es un contrincante que no puedo vencer, por lo que no pienso continuar con la lucha. Escapo por las puertas automáticas de vidrio. Está de noche afuera. Aquello significa que voy tarde a lo de mi novia y que el setecientos setenta y uno está por arribar. Cruzo la calle lo más rápido que puedo, sin dejar que los autos me pisen. Llego a la parada a tiempo. Veo el colectivo avanzar sobre la calle Las Rosas a unos metros de distancia de donde estoy. Estiro el brazo horizontal para que el chofer sepa que debe frenar. Me subo con la más grande de las sonrisas. Lo he conseguido, lo he conseguido. No falta nada para terminar con esto.

Esta vez, voy parado en el colectivo. A mi lado, la madre de la chinita está furiosa. No para de gritar cosas como —¡El jarrón de porcelana! ¡Tu culpa!— al ver el desastre de fragmentos verdes y amarillos con flores esparcidos por el suelo del comedor.

—Ahora mismo, tu abuela y toda la dinastía *Qianlong* deben estar sufriendo bajo tierra por tu culpa. ¡Te dije que no jugaras con el globo dentro de casa!

La miré estupefacta. El humo parecía irradiar de sus orejas como pava a punto de ebullición. Bajé la vista al suelo. Sí, realmente me había mandado una grave.

—¿Cuántas veces te lo repetí? ¿Eh?

—Ma, yo…

—¡¡Nada de excusas!! —Giró en dirección al globo y lo pateó con todas sus fuerzas. Rebotó en el techo, luego en la pared y allí permaneció a flote en cámara lenta. Tuve que reprimir el impulso de agarrarlo en el aire para así evitar mayores inconvenientes. Sin embargo, mi madre me pescó justo mientras lo contemplaba.

—¡Mírame cuando te hablo! Respeto, por favor. ¿Tan mal te he educado en estos nueve años?

Inevitablemente, mis pupilas se corrían cada tanto de sus labios con el propósito de vigilar el desordenado trayecto que realizaba el objeto inflado en torno a nosotras. Para calmarla, negué con la cabeza.

—¿Ni una palabra? ¡¿Es que no lo entiendes?! ¿Es que acaso no eres capaz de comprender el daño que acabas de causar en mí, en tu querido abuelo sentado acá a tu lado —Lo observé por el rabillo del ojo, su cara compungida— y en tu abuela muerta que debe estar revolcándose en la tumba por sentir cómo una parte de su corazón se triza?

De pronto, el globo comenzó a descender sobre cierta zona del piso que hubiera sido mejor esquivar. No obstante, cuando quise estirar el pie y evitar el contacto con los pedazos de porcelana afilada extendidos sobre la madera, un manotazo de dedos delgados y uñas puntiagudas me tomó de la mandíbula. La fuerza bruta con que ella me volteó la cara hizo que las dagas al final de sus yemas se clavaran en mi piel y con una expresión de dolor la observara mientras me gritaba por quinta vez.

—¡¿Es que no sientes culpa por lo que hiciste?!

Ni tiempo tuve de responder, pues el débil látex al rozar las esquinas rotas se rajó con tanta facilidad que el estallido retumbó en toda la casa. Mi mamá saltó, a mi abuelo le brotaron las lágrimas acumuladas y yo, sin muchas esperanzas, me limité a suspirar con pesadez. Acababa de firmar mi sentencia de muerte.

Al rato, tras una exhaustiva limpieza del comedor y varias horas de penitencia arrodillada en el rincón, llegó el turno del castigo. Lo anterior solo había sido un paso preliminar al verdadero terror. Mi abuelo era la mano dura del hogar. A falta de un padre presente, alguien debía de asumir dicho rol.

Me citó en los sillones del living a medianoche, horario en que su hija dormía. Siempre tan estratégico él. En oscuridad y silencio, aprovechaba exclusivamente esa hora para golpearme sin ser detenido o criticado por la sensible indulgencia de mi madre. Sucedía que ella era como un perro: ladraba, pero no mordía. Mi abuelo mordía. Y una terminaba sangrando.

—¿Quieres que me suba la remera? —Una costumbre horrible que ya había adquirido de manera inconsciente.

—No. Hoy traigo puesto *jogging*. No habrá cinturón.

—¿Entonces?

—Niñita, ya eres casi una mujer. No me corresponde seguir castigándote como a un crío.

Lo miré en silencio. Me costaba descifrar el sentido oculto en sus palabras.

—Las mujeres adultas sufren de otro modo. Lo físico pasa al plano de lo sentimental. ¿Comprendes? —Negué— No importa. Lo entenderás con el paso de los años. Estos se encargarán de enseñarte que no hay peor terror que el psicológico y que no hay miedo más grande que el de decepcionar a otros.

Aquella noche me fui a dormir confundida. Aun así, ese desconcierto no duró mucho. Pronto deduje el significado oculto de su discurso. Él se hizo cargo de que así lo hiciera y así lo sufriera. A partir de ese día, un nuevo objeto comenzó a formar parte de mí. El anillo de casamiento de mi abuela me fue dado como herencia temprana. Era sencillo, gris claro, de acero quirúrgico con una piedra transparente en forma de diamante en el centro.

Mi abuelo prometió no volver a pegarme jamás si juraba no quitarme nunca, bajo ninguna circunstancia, el anillo. Acepté. No me pareció un mal trato. Mi abuela y madre poseían la característica de tener dedos delgados. Yo no. Los míos eran gruesos como los de papá. Por consiguiente, me lo coloqué en el meñique. Bailaba un poco, pero nada grave. Con el tiempo, me quedaría de maravilla.

—¿Ni siquiera para bañarme? —consulté una vez.

—¿Tan insignificante te parece un juramento como para romperlo por una tontería? ¿Qué clase de mujer es aquella que decepciona a sus semejantes y destruye la confianza de quienes la aman?

De ese estilo, oí cientos de comentarios que cuestionaban mi voluntad de mantener una promesa. En un principio, me afectaban. No deseaba lastimarlo. Por eso, concurría a los controles suyos tres veces al día, le mostraba orgullosa el anillo en mi dedo cada vez que lo exigía y me aseguraba de no dañarlo entre los golpes y corridas de las clases de deporte del colegio.

No obstante, progresivamente, empecé a odiar su existencia. Cuatro años habían transcurrido desde el incidente con el globo y el anillo ya no bailaba, en cambio, me ajustaba. Sentía una presión constante en mi mano derecha, más cuando flexionaba el meñique y el triple en los momentos posteriores a realizar ejercicio físico. Una tortura que duraba unos quince minutos hasta que disminuyeran los latidos del pedazo de carne comprimido por el círculo de acero.

Por otra parte, el grosor aumentó con los meses. Engordaba más y más y se coloreaba con la tonalidad de la piel desgarrada. No tenía sensibilidad, ni siquiera me dolía si lo golpeaba. Entonces, contra todo el miedo que me causaba decepcionar a mi abuelo, tomé la decisión de quitármelo por las noches para que la sangre fluyera. Temerosa, aunque contenta de mi valentía, lo intenté. Y lo intenté. Y lo intenté. Y no importó cuántas veces hube tratado que fracasé. Estaba atorado.

Probé de todo. Jabonarlo y colocarlo en agua caliente, alzar la mano con hielo y aceite, envolverlo con grasa y un film transparente, rodear con un hilo la zona hinchada y cuántas más ideas cruzaron mi mente y pude hallar. Sin embargo, ninguna funcionó. Procedí a entrar en pánico. Mi abuelo mantenía sus controles diarios y, aun así, no emitía comentarios del estado deplorable del dedo ni de mi miedo cada vez que lo sacudía para ver si todavía seguía vivo o fluía sangre en su interior. Hasta que llegó el día en que lo enfrenté.

—Necesito quitarme este anillo. Me lastima.

Mi mamá sucumbió al temor que provocaba su aspecto. Dijo de llevarme de urgencias al doctor. Por el contrario, mi abuelo concluyó que había que cortarme el dedo.

—¿Por qué razón?

—Ofende a la abuela.

Mi progenitora dio la orden de que, apenas abrieran los sanatorios, iríamos. No obstante, pasó la tarde y ella nunca vino a buscarme a mi cuarto. Cayó la noche y nada. A las doce, apareció mi abuelo.

—Niña desobediente —susurró.

Yo grité, pataleé, lloré, incluso creo haberme desmayado en algún momento mientras duró la masacre. A la mañana siguiente, ya no estaba el anillo en mi dedo. Tampoco era capaz de contar hasta cinco. Ahora bien, la joya se hallaba en el dedo anular de mi madre.

Mi habitación

Es de noche. Lamento decirlo, pero ya se ha hecho de noche y yo, todavía, sigo dentro del segundo colectivo que me lleva a la casa de mi novia. Son veinte minutos de viaje, entonces, en cálculos generales, estaré llegando a las diez y cinco. Con suerte, por supuesto, pues siempre surgen aventurillas en el medio. Luego, caminaré dos cuadras más y me detendré, con la mayor de las felicidades, frente a la puerta que encierra un paraíso mágico en su interior. ¡Cuánto ansío ese momento! Aun cuando sepa que ella no tendrá un buen humor y que recién se pondrá cariñosa a la madrugada, nadie podrá quitarme el placer de dormir en cucharita con ella, de abrazarla por detrás y descansar una mano debajo de la cintura y la otra alrededor del cuello. No obstante, faltan un par de horas para cumplir esa ensoñación. Por el momento, solo debo concentrarme en el ahora, en el presente, en los vidrios del colectivo húmedos por la llovizna.

La maldita llovizna. Hasta que finalmente llega. Las nubes ya no aguantan más la *colosal* cantidad de agua que tienen acumulada y ceden sin reparo. Ríos furiosos se derraman de un cielo cambiante, iluminado en instantes, oscuro como la noche en otros. Los dioses braman, el toro de la luna muge y los truenos aceleran los corazones. La gente corre por doquier en busca de un refugio doble. Algún lugar que los cubra de arriba y que evite que sus pies queden bajo la corriente. El nivel de agua sube cada vez más, por lo que los escalones de entrada a los negocios y casas quedan petisos. Cuesta ya caminar contra el torrente que te empuja desde las rodillas. Un escenario totalmente apocalíptico, con el océano en dirección a nosotros. Las calles están inundadas, los pisos inferiores de los edificios quedan inhabitables, la Estatua de la Libertad se erige formidable por sobre el mar de muerte y desolación. En medio de todo el caos, está Sam, el fiel enamorado, salvando a la damisela Laura de ser arrastrada por la inmensa ola. Y, luego, estoy yo, en el colectivo, a la espera de morirme.

Hay varios problemas con esa historia y uno es que aquí no hay salida al mar, así que jamás podremos tener nuestra propia película catastrófica de tsunamis y calentamiento global como allá en Nueva York, ni al tremendo actorazo de Jake Gyllenhaal para rescatarnos. De hecho, ahora que lo pienso, nunca me gustó esa ficción. *El día después de mañana*, entre otras filmaciones, deja a cualquier país como tonto, a excepción de Estados Unidos. El bendito trasero del mundo, pues todo sucede allí y ellos, como buenos laxantes, siempre son los únicos capaces de eliminar la mierda que aflige al planeta. Ellos nacieron héroes, no cabe duda, y la gran diosa *Gaia* les está agradecida porque la hayan ayudado con el estreñimiento. De ahí a tres años, más o menos, el mundo estará en paz hasta que algún productor decida invertir en una nueva película, donde los humanos se vean otra vez en peligro por desastres naturales.

Otro inconveniente es la chistosa Estatua de la Libertad y su consecuente adjetivo de formidable. Lo elegí a propósito, debo admitir, a razón de respetar su verdadero significado. Me refiero a ella como terrorífica o espantosa, pero no por el temor y respeto que debería imponer su altura o construcción, sino por la ridiculez de significado que tiene para los estadounidenses. Me parece tan absurdo el grandilocuente y rimbombante valor que han puesto en ella sobre ser un signo (porque no merece ser símbolo) representativo de la nación más nacionalista existente. Llego al punto de espantarme con la idealización que han hecho de esta figura, con el apego ansioso y emocional que tienen con su imagen. Hasta es terrorífico pensar en el posible daño moral que pueda causarle a las personas de ese país si la estatua llega a caerse o perder alguna de sus piezas. Es terrible. Por eso, me alegra que nosotros no poseamos ninguna construcción "formidable", es decir, regida por tan espantoso significado impuesto por nenes estrella.

Por último, a pesar de que me encante imaginar destinos funestos a cada rato y más cuando voy camino a la casa de mi novia, solo hay llovizna. No caen ríos del cielo ni hay inundaciones. La humedad de la ventana se compone, básicamente, de pequeñas esferas que chocan contra el vidrio y se alargan a causa de la velocidad del colectivo. La visión apenas se ve alterada por el leve nublado que genera. La gente no le presta atención, a diferencia de mí que trato de averiguar el paisaje o las situaciones ocultas detrás de esa obra de arte hecha a base de puntillismo. No encuentro nada interesante. Ojalá hubiera algún hombre regando la vereda con su amiguito al descubierto o cualquier otro acontecimiento ilógico e inusual que pueda ser malpensado a través del vidrio. Pero no. Esas casualidades raras solo aparecen en las *movies*.

Relacionado con la llovizna, se me ocurre otro pensamiento disparatado. Esta escena, de una persona en un colectivo con la mirada perdida en la lluvia del exterior y con el hábito de reflexionar, sería un ejemplo muy representativo de lo romántico si estuviéramos en el siglo dieciocho o diecinueve. Yo, como un héroe trágico, me siento identificado con la tristeza y soledad que me transmite este evento meteorológico. La fusión de mi estado de ánimo con el de la naturaleza me permite repensar el rumbo de mi vida, hasta dónde quiero llegar con esto, qué tipo de futuro deseo construir o, en el peor de los casos, cómo puedo afrontar mi destino. Luego, cuando me baje de aquí, según una serie de acciones arquetípicas que haría mi personaje, entraré a mi casa, buscaré el revólver y, como Werther, me suicidaré mal y tardaré doce horas en morir. Qué divertido. Lástima que no estoy hecho para entrar en esta unión profunda con el agua que cae de las nubes ni vivo con la sensibilidad o emotividad a flor de piel. No. Ese no soy yo.

A continuación, presiono a mi desesperada imaginación para que piense algo distinto con lo que entretenerme. Es de noche, todavía me faltan varios minutos de viaje y me aburro. Hubo buenas ideas como la de la película catastrófica o el libro deprimente, pero no fueron suficientes para crear una historia. Quiero, quiero, quiero distraerme con alguna cosa, la que sea. Es eso o recordar. Rememorar lo que sucedió momentos atrás en la farmacia. Una lucha cuerpo a cuerpo de la que salí perdedor y que no pretendo traer a colación. Con un viejo intimidante, una nena llorona y una cajera indecisa como protagonistas de un pésimo film de acción. No voy a caer en la trampa de revivir la prisa que tenía al ingresar a ese lugar, la impaciencia que no fui capaz de controlar. Osé creerme un dios todopoderoso, experto en manipular el tiempo a mi gusto y placer, ralentizándolo y apresurándolo cada vez que me convenía. Aquello produjo una concatenación de eventos impropios de un joven invisible como yo y de un extranjero pudiente en compañía de su nieta.

No voy a pedirle a mi memoria que, en esta noche, evoque el golpe seco de mi trasero contra el piso y el posterior estiramiento de la piel de mis nalgas por efecto de la inercia. Sumado a la aparición del calor y el ardor en forma de múltiples alfileres filosos como resultado de cualquier contusión. Tampoco que recuerde cómo mis muñecas fallaron y recién me frenaron los codos. Huesos y nervios contra el suelo. Ni lo que sentí al astillarme la yema de los dedos con la madera de aquel bastón o al patear esa huesuda pierna. Por eso mismo, no voy a recordar nada de lo transcurrido en ese espacio. Considero que no merece ser rememorado por causa alguna, ya que, al menos, desde mi lado, no hice nada malo. Fue ajena a mí esa actitud, lo sé, pero fue necesaria para resolver el conflicto. Sin mi presencia, la cajera no hubiera podido librarse de la terquedad del hombre. Seguro habría pasado una hora más y él no habría mostrado señales de dar el brazo a torcer. Hasta le podría haber pegado de la misma forma que hace con su nieta. Fui un bote salvavidas para ella. Sin disputa.

Gracias a mi impulsiva forma de actuar, libré a una nena del yugo del abuso familiar. Con el grito acusador y la violencia física que recibí, la chica de la farmacia habrá tenido más que suficiente evidencia para llamar a la policía y hacer una denuncia. Aquel viejo es un peligro para la sociedad y para las mujeres de su progenie. Para cualquiera, en realidad. Él inició la pelea, los insultos. Yo me presenté de forma amable, lo traté con respeto. Lo apresuré, es cierto, pero sin utilizar ni una sola palabrota. En cambio, él escogió el camino de la violencia. Prefirió observarme con desaprobación, ofenderme con un palabrerío ultrajante, hacerme frente con su sable de madera y una actitud soberbia. Por ende, me vi forzado a responder. "Estoy solo, no tengo elección", diría Toretto. Por lo tanto, queda completamente justificado mi proceder. Es más, en un principio, opté por alzar la voz y esquivarlo, como un método pacífico de evadir el conflicto. Al final, no tuve más opción que acudir al choque. Debí de proferir un golpe que lo inhabilitara de la lucha. Fue indispensable.

Me gustaría afirmar con seguridad que actué mal al acusarlo sin fundamentos sólidos, que fue grosero de mi parte el querer quitarle el bastón a un viejo o que fui desconsiderado al dejar el dinero tirado y huir como un nene. De veras, me complacería el poder decir que me avergüenzo y me arrepiento por lo que hice. Haría que me sienta una mejor persona, preocupada por el karma, dispuesta a expiar sus pecados con tal de no reencarnar en una roca la próxima vez. Sin embargo, no puedo. No soy capaz de experimentar culpa por lo acontecido. Tampoco debería, ahora que lo pienso. Como dije antes, yo hice uso de la violencia, pero no por decisión propia, sino como resultado de una agresión recibida. El viejo requería de alguien que le devolviera el mal que suministraba a los demás y eso hice yo, justo con la misma moneda. Entonces, no tengo por qué sentirme afligido o angustiado al final del día. Al contrario, debería estar orgulloso, contento, satisfecho con mi accionar. Exactamente. Eso es. Satisfecho de haber sabido aplicar la fuerza justa para quien la amerita.

En todo el mundo, hay quienes merecen sufrir como castigo por la maldad que poseen, que usan para dañar a los débiles e inocentes. Justicia retributiva, justicia restaurativa, ley del talión o como quieran llamarle. El que la hace, la paga, sin que aquello esté mal. Es una excelente forma de evitar que la malignidad prevalezca, se expanda y contagie a los otros. Por lo tanto, dejar eunuco a un violador, desangrar vivo a un asesino o provocarle una lesión cerebral al mentiroso para que pierda la memoria y crea en sus engaños, entre otros ejemplos, son la manera perfecta de combatir el mal. Hay otros métodos menos drásticos, por supuesto, pero dependen del grado de crueldad presente. Allí, en el fondo del colectivo, observo un buen caso de nimiedades. Son unos nenitos de menos de doce años, pobres y pendencieros. Perciben el asco y repulsión con que se los mira. Sus ropas están agujereadas, van en chancletas, parecen sucios. Se los juzga sin conocerlos, la gente no se les quiere acercar y ellos, a su vez, gritan y molestan para alejarlos.

Es de noche, la llovizna se ha detenido y uno de ellos carga con un destornillador en las manos. Lo usa para amenazar, para hacerse el duro. Es un chico de la calle y quiere demostrarlo. Espera que se le tenga miedo o respeto o, en todo caso, que no busquen confrontarlo. Sujeta esa herramienta como si fuera un cuchillo. Parece listo para apuñalar a cualquiera que se le acerque, pero yo sé que no tiene la valentía. Es un crío. No obstante, bien sabe cómo asustar al resto de los pasajeros. Hace un momento, un jovencito muy correcto se quiso acomodar en el último de los asientos individuales, previo a que comience la fila extensa de cinco lugares. El otro aprovechó la situación para demostrar su rudeza. Comenzó a golpetear sin mucha fuerza el respaldo de la rígida silla de plástico, con el objetivo de incomodarlo. Luego, fue subiendo hasta el asa en la parte superior, sin tocar la abertura del medio. Cuando ya no hubo asiento que percutir, lo hizo con su cabeza. El jovencito se dio vuelta asustado y les pidió si, por favor, "podrían comportarse como personas normales".

Mala decisión. El grupo se alteró ante el insulto, por lo que empezaron a agredirlo verbalmente. El del destornillador, el más desenfrenado de los cinco, quiso tironearle el maletín portafolio, pero el otro se mantuvo firme. Los amigos salieron al rescate. Lograron quitárselo y le clavaron el destornillador en el centro. Atravesó la tela, más aquello que hubiera guardado en el interior. El muchacho correcto gritó furioso. A continuación, le arrojaron el portafolio al suelo, muertos de la risa. Colorado, tomó sus cosas y bajó de inmediato, sin siquiera fijarse en qué calle se había detenido el colectivo. Las risotadas aumentaron. El asiento quedó vacío. Miro a través de la ventana el cielo de noche y suspiro. Es mi turno. Se acaban de ganar un enfrentamiento conmigo, pues, si yo no los hago chillar un poco, ninguno de los miedosos de aquí lo hará. No solo merecen sufrir por lo que hicieron, sino que también requieren de una lección de comportamiento y sé la forma exacta de educarlos.

Me acerco decidido. El ciclo se repite. Los nenitos comienzan con su palabrerío vacío y amenazador. No me intimidan en absoluto. Uno se siente confiado por lo de recién y se levanta a hacerme frente. Es un enano. Le doy un cachetón que lo manda a los brazos de sus amigos. Mi objetivo es el chico del destornillador. Él me apunta con el arma. Le sonrío con malicia como el titán de *Eren Yeager* y le pido que me apuñale. No recibo una respuesta clara, sino que prosigue con la jerga tumbera y villera. Insisto una segunda vez. Mientras él evita mi solicitud, empujo a otro que se me acerca. Como en ningún momento se anima, pues era obvio, le agarro la delgada muñeca. Se la estrujo hasta arrancarle la herramienta. Una vez en mi poder, imito su forma de empuñar el destornillador. Alzo el brazo a la altura de mi cabeza y lo dirijo en caída libre hasta donde está sentado el chico. Me impulso con toda la fuerza que soy capaz hacia el objetivo. La mira está en la zona más vulnerable. Él trata de detenerme, pero con el otro brazo lo mantengo alejado de cubrir sus huevos.

Entierro la punta de hierro en su pantalón. Toda la bravuconería se borra al chillar como una nena. Yo también grito, aunque de bronca al descubrir que no acerté. No contaba con que el maldito encogiera los testículos a causa del miedo. Como mucho, debo de haber atravesado hasta la tela del calzoncillo, tal vez con un leve roce en su fina piel, sin embargo, no conseguí agujerear la carne. Aun así, logré darle un susto que casi lo mata. La cara pálida y las lágrimas contenidas lo confirman. Saco la herramienta, previo a retroceder. Él ni se mueve, todavía no puede por el shock. Me sujeto de un caño para no caerme con el movimiento del colectivo. Señalo a los demás con el destornillador. Los miro con detenimiento. "¿Alguno más que quiera jugar al príncipe valiente conmigo?", les pregunto. Los cinco niegan con la cabeza. Me río. Seguro les parezco un psicópata, mas no me molesta. Toco el timbre para la siguiente parada y doy la orden de que desciendan. Sin demora, los nenitos se apresuran a salir a la oscuridad de la noche.

El colectivo arranca. Tomo asiento en mi lugar favorito, es decir, en el medio de la extensa fila del final y guardo la herramienta en mi mochila. Miro al frente. No hay personas paradas, lo que significa que no somos muchos. En algún momento, creo haber visto a más gente, no lo sé, pero seguro se bajaron en tanto yo me ocupaba de otros asuntos. Es de noche y es lógico que todos se apresuren por llegar a sus hogares. O, es una opción, se fueron a causa de mí y el escándalo que hice. Espero haberlos espantado en un sentido distinto del que lo hace la Estatua de la Libertad. Ojalá me hayan visto como alguien que merece estar en esa habitación. Oscura. Silenciosa. Paredes lisas de pintura rasgada, una colchoneta de cama y un armario monstruoso por el que suelen escapar las arañas a la noche. Un viejo foco de mercurio colgado del techo es la única fuente de iluminación del lugar y, sin embargo, no lo utilizo a diario.

Me gusta la oscuridad. Pasado el atardecer, disfruto de la negrura del ambiente. Mi mejor amiga, también. Aunque ella, por ahí, es un poquito miedosa frente a tanta lobreguez. Le asusta a la hora de dormir, dice que es demasiada oscuridad y que no puede observar mi rostro con claridad. Por supuesto, ella suele dormir con, al menos, una vela. Así pues, eso hice durante la última pijamada que tuvimos en mi casa. Esperé a que ella se durmiera para bañarnos en la completa tenebrosidad que la escasez de luz nos proporcionaba.

No obstante, mi amiga no sabe que mi habitación usualmente es un lugar bien iluminado. Entrada la medianoche, alrededor de las dos o tres de la mañana, diversos acontecimientos de lo más inesperados comienzan a brillar. Por ejemplo, los desgastados muros se iluminan con el resplandor de la luna proveniente de la ventana abierta de par en par. Siempre es culpa de la Mujer de Blanco. A ella no le gusta ser vista. Pareciera como si, constantemente, fuera perseguida por algo o alguien. ¡Yo qué sé! Solamente conozco el resultado de sus huidas. En una ocasión, la pillé a tiempo mientras quitaba la traba que mantenía a la ventana cerrada. Se asustó. De inmediato, caí dormida. Aunque, soñé con ella. Era atemorizante. En mi pesadilla, les ordenaba a gatitos bebés comerme viva. Ahora, si la escucho pasear por ahí, no la interrumpo. No quisiera que los gatitos se conviertan en tigres.

Luego, está Lumus, el reflector ansioso y con trastorno de insomnio al final del pasillo. Tiene la costumbre de encenderse cada tanto, cuando se siente solo, cuando está nervioso porque el amanecer demora demasiado. Entonces, lo miro fijamente para transmitirle que no es el único al que le suceden ataques de ansiedad con regularidad a causa de soportar una infinita rutina. Al instante, se calma. Otras veces, me ignora y se deja explotar entre temblores y cortocircuitos. No dura demasiado. Es hasta que desagote el pánico acumulado. De ese modo, se tranquiliza. Continúa con la tarea de cumplir con las órdenes que los jefes le imponen y que son las de iluminar a los escapistas y delatarlos.

Por último, está La Presencia. Es un jovencito muy poco visible a la vista. El cuerpo es transparente. Manos, cabellos y ojos son un espejo por el que observar a través suyo. El contorno de la silueta, que se corresponde con un grisáceo claro, se refleja perfectamente en el espejo del fondo, donde finaliza el pasillo. Por lo visto, fue creado con los mejores genes de la belleza. Si en la realidad fuera de carne y hueso, sería uno de esos modelos que actúan en películas juveniles y por los que todas las chicas mueren. Una pena que haya sido maldecido por las gitanas de su cuadra. En la actualidad, no habla y todo lo que no dice lo demuestra con sus manos y labios. Nos las pasamos bien en las noches en que el aburrimiento es muy grande. Al irse, deja que el radar de la alarma lo detecte para confundir a las cámaras y crear disturbios. Es un niño todavía.

Al día siguiente, mi mejor amiga se levantó temprano y me abandonó pronto, segundos antes del amanecer. Dijo que no le agrada el modo en que el sol ilumina el interior de mi habitación, ya que le recuerda que es de día y que me esperan gran cantidad de tormentos. La entrada de los enfermeros, la intervención de los guardias, la salida de las camillas, las píldoras desparramadas por el suelo, los charcos sin limpiar. Ella prefiere la atmósfera cuando comienza a oscurecerse, cuando los rayos desaparecen y una bruma opaca nos aísla del mundo, el momento perfecto en que ambas podemos ser nosotras mismas. Las breves horas en las que nadie vigila qué tanto cotilleamos o los planes a futuro que armamos para cuando vivamos juntas en el departamento de su tía ricachona. Algún día lo lograremos. Estoy segura.

Mellany

Es de noche y el colectivo está casi vacío. Solo quedan un par de *turros* sentados en los asientos dobles del medio. En cualquier otra ocasión, se hubieran movido al fondo, a la fila de cinco butacas, el lugar de los violentos por antonomasia, pero mi presencia los detiene. Deben de estar al tanto del escándalo que armé minutos atrás y, por eso, no vienen a intimidarme. No digo que me teman, al contrario, me tienen respeto. Me miran como uno más del grupo y aceptan el distanciamiento que he querido poner entre el resto de pasajeros y mi persona. Las que realmente están muertas de miedo son las dos mujeres que quedan en el colectivo. La primera es una chica con uniforme escolar y la otra, una anciana con un changuito. Ubicadas muy cerca del chofer, nos ignoran en silencio. Sus ojos están pegados a la ventana y no los apartan por nada en el mundo. No vaya a ser que nos miren mal y busquemos interpelarlas. Tampoco emiten ruido alguno ni movimiento. Los brazos y piernas se hallan tensionados y rígidos sobre sus objetos personales. Son una barrera protectora con la que creen poder evitar el robo de alguno de los villeros de mala muerte que las rodean.

La actitud precavida y temerosa de ellas me provoca ternura. En lo personal, no voy a hacerles daño y el grupito ese de adolescentes, tampoco. Asustan, aunque nunca lastiman. A los que se debe esquivar de verdad son los hombres adultos y quemados de la cabeza. Mientras tanto, es entretenido oír la conversación a gritos que comparten los muchachos. Charlan sobre temas diversos: la *guacha* que uno se cogió anoche, la *cagada a trompadas* que hubo entre Chiquito Romero y los hinchas de Boca, y la *pálida* que le dio al culiado del Eloy. La forma de acotar las palabras y la entonación que utilizan delata la zona de donde provienen. Apuesto a que viven en el último barrio del recorrido, la parada previa al Control de Transporte, el lugar donde se guardan los vehículos y se realiza el cambio de choferes. El colectivo ni siquiera ingresa a dicho barrio, apenas si deja a sus pasajeros en la entrada para, luego, acelerar a fondo hacia la próxima curva. Es importante que las puertas y vidrios vuelvan en buen estado y no apedreados.

Mi novia, por suerte, vive dos paradas antes, lo que significa que ambas, la anciana y la chica, o una de las dos se bajará conmigo. Una decisión de lo más difícil, creo yo. Tienen que decidir si conviene compartir salida con el loco del destornillador o continuar solas con los *turros* una parada más. Un dilema que, perfectamente, podría solucionarse si el conductor fuera alguien responsable, algo que no estaría demostrando ser. Pues, en primer lugar, tendría que haber obligado a los nenitos pendencieros del fondo a bajarse, apenas empezaron a molestar a la gente. Además, debería haberme expulsado a mí también por los gritos y el casi apuñalamiento que causé o, incluso, haber llamado a la policía. Por último, estaría en su trabajo proteger a esas mujeres de la mejor forma posible, es decir, dejándolas en una zona segura o evitando que sean robadas dentro y fuera del colectivo. No obstante, al chofer no parece importarle nada. Él solo cumple con el recorrido. El resto que se mate y si no, que se baje y camine en medio de la noche. Punto final.

Miro por la ventana. Esta se encuentra sucia a causa de las marcas que dejaron las gotas de lluvia, tras secarse. Pero aquello no es lo que llama mi atención, en cambio, es la palmera gigante que resalta atrás del vidrio. Un obelisco de veinte metros, coronado por una orla de palmas, se halla rodeado por un colorido jardín y ambos, encerrados tras rejas de hierro. Esa es la señal para levantarse del asiento y tocar el timbre. Unos metros más y estaré a solo dos cuadras de donde vive mi novia. Al fin. Ya quiero llegar. Se me ha hecho eterna esta hora de viaje, en tanto la noche ha llegado más pronto de lo que esperaba. A continuación, reviso la pantalla de mi celular para comprobar mis especulaciones. Son las diez y cinco, tal y como había calculado. Unos minutos más y esto habrá acabado. El colectivo frena lentamente y abre las puertas. Yo desciendo con toda la tranquilidad del mundo, como quien se siente protegido por llevar un destornillador en la mochila. Una vez fuera, me doy la vuelta para observar si alguna de las señoritas se animó a bajarse en mi parada. La respuesta es no.

El colectivo arranca y, justo cuando empezaba a cerrar las puertas, la chica con uniforme escolar se arroja por la abertura aún existente en la entrada delantera. El chofer se ve forzado a frenar de golpe, lo que hace que ella se aferre con uñas y dientes a las puertas que se están abriendo cada vez más. Al haber un objeto que impide el correcto cierre, el mecanismo retrocede hasta quedar en cero. La repentina detención hace que, primero, todos los pasajeros sean empujados hacia adelante y, luego, hacia atrás. La chica, tras recuperar un poco el equilibrio, se endereza como puede y baja a duras penas los escalones. El conductor aprovecha esos breves instantes para insultarla a ella, a su familia y a su futura descendencia. Medio renga, llega hasta donde estoy yo y se sienta en el banco de metal teñido de verde. Unos segundos más tarde, seguro de que nadie más va a querer imitarla, el chofer arranca con las puertas ya cerradas. Por la ventana, veo alejarse las caras divertidas de los adolescentes y el semblante triste y arrugado de la anciana traicionada.

Se ha hecho de noche y yo sigo prendido a la imagen de la chica mientras revisa su tobillo en busca de magulladuras. Se mira un pie, se mira el otro, se baja la media, se saca los zapatos, hace círculos con los tobillos, se pone en puntas de pie, dobla los dedos y realiza un montón de maniobras más para verificar qué tan renga está. Cada tanto, me lanza miraditas de reojo, como si quisiera comprobar si todavía sigo ahí. Me pregunto si querrá pedirme ayuda, aunque lo dudo. Debe temerme, de igual forma que les temía a los adolescentes del colectivo. Fue, por eso, que se arrojó fuera. O, en todo caso, puede que me considere un ladronzuelo. Es bastante obvio cómo ya examina lo inexaminable. No tiene ni una sola lastimadura, pero ella continúa con la revisión. Sospecho que quiere hacerme sentir lástima por su renguera para que no le quite sus pertenencias o, como segunda posibilidad, está a la espera de que yo salga primero y ella detrás de mí, para que, así, no le robe por la espalda mientras se dirige a su casa.

Si bien es astuto, también es un poco ridículo. Si hubiera querido asaltarla, lo hubiera hecho apenas el colectivo arrancó. Sin sentir pena ni remordimientos por desvalijar a una muchachita renga que todavía está en secundaria. De todas formas, para haberse tirado de esa manera, debe de creer que soy más inofensivo que los otros o más débil al estar solo. Aquella presuposición le hace sentirse confiada, capaz de huir de mis garras o de pelear a muerte, con o sin cojera encima. Me gustaría decirle que es una tonta si piensa eso, pero no quiero asustarla sin fundamentos. No pienso lastimarla, si ella no me da motivos para hacerlo. Asemeja ser una chica buena, asustada y algo desesperada por salvar su pellejo al precio que sea, aunque sin ánimos de pisar a los otros para rescatarse. Si no fuera porque sé que aquellos adolescentes no van a tocar a la anciana, le hubiera dado una lección de compañerismo a esta chica y un castigo aún mayor a los *turros* por atacar a una vieja. Entiendo que ella haya querido fingir ser invisible y huir sola sin perjudicar a los demás, sin embargo, en ocasiones, el no hacer nada daña más a los otros que el hacer algo. Algún día lo entenderá.

Recuerdo que es de noche y que estoy a punto de llegar a la casa de mi novia, por lo tanto, me alejo de la muchachita y echo a caminar en línea recta, hacia donde el colectivo se fue. De pronto, caigo en la cuenta de dos hechos que había buscado ignorar durante el trayecto hasta aquí: mi olor a chivo y la humedad que pesa en el ambiente. Sospecho que he llegado a ese punto en que uno está obligado a bañarse porque, cada vez que se levanta de la silla, el aroma a culo lo sofoca. Para comprobarlo, me huelo las axilas y una mueca de asco se reproduce automáticamente en mi cara. Confirmado, estoy apestoso. Tal vez sea por eso que la chica no me quería cerca. Debí estar ahogándola con mi perfume a rosas. Reviso mi espalda, apenas una miradita sobre mi hombro, y la veo cojear en mi dirección con una distancia considerable de por medio. No. La causa de su ansiedad no era mi olor, sino el firme convencimiento de que yo era un *chorro*. Sin embargo, ahora que lo pienso, debería tomarlo como un halago. Es como cuando le preguntas a alguien tu edad y te dan cinco años menos de los que, en realidad, tienes.

Mi cabeza vuelve a ese pensamiento, más bien deseo, de llegar y ser recibido con una ducha conjunta, previo a cenar. Aunque, aquella expectativa se aleja cada vez más y más de ser posible, gracias a que voy seis minutos demorado. Es la humedad, la humedad de esta oscura noche la que me pesa en los pies. Ralentiza mis movimientos, transforma mi carácter y me pone de malhumor. Si ya el calor me idiotiza, peor es cuando una inmensa ola de aire abrasador me baña por completo, absorbe el poco oxígeno que me queda y me convierte en una babosa. Una cosa amorfa, maleable, pegajosa, totalmente asquerosa. No obstante, lo único rescatable de ellas es la divertida muerte que sufren en el momento en que se les echa sal encima. Se resecan como pasas, envejecen como abuelitas. Sí, está bien. No debería hablar mal de ellas. Después de todo, son inofensivos juguetes para los nenes salvajes. Ofrecen un verdadero entretenimiento, a diferencia de las cucarachas. En un principio, no les tenía tanto rencor. De hecho, apenas si notaba su presencia por las rendijas y bajo las puertas. Sin embargo, hoy aprendí a odiarlas.

Es de noche y estoy por llegar a la esquina de la primera cuadra cuando siento un cosquilleo en el pecho. Un cosquilleo con patas que asciende por mi torso, en dirección al cuello. No lo dudo ni medio segundo. Empiezo a saltar y a gritar como maniático. Me agito, brinco en el lugar, uso mis manos para tironear la tela, arrojo la mochila a un lado, rasgo la camisa azul por la zona de los botones, casi que termino encuerado de la desesperación. Pero la sensación no se va. Palpo mi panza, mis costillas, los hombros, los codos, la espalda y no encuentro nada. Siento que algo me camina y, a pesar de eso, no encuentro nada sobre mi piel. Por casualidad, se me ocurre mirar al suelo. No vaya a ser que el bicho ya cayó a las baldosas y lo mío sea pura psicosis. O, en el peor de los escenarios, el insecto nunca existió y estoy delirando. Bajo la vista y la encuentro. Observo a la culpable. Reconozco en ella a las patitas del crimen. Corre libre hacia el jardín de una casa, al que se adentra con facilidad a través de las rejas de hierro.

Fue una maldita cucaracha la que se me subió por los *jeans* o me cayó de un árbol, no lo sé. No tuve conciencia de ella hasta que la sentí recorrer mi piel como si fuera una cloaca con mierda. Estoy furioso. ¡Carajo! Esta noche no puede ser peor. O, por cierto, sí puede empeorar. A mis espaldas, oigo gritar a la chica renga. Me había olvidado de su existencia durante unos instantes. Contemplo a un diminuto caniche acercarse a ella. Este es de muy pulcro aspecto, blanco, peludito, decorado con un moño rosita en cada oreja. Es una pulga, si se lo compara con la altura de ella, pero ladra como si no hubiera un mañana. Se nota que está nervioso. No solo le gruñe y muestra sus afilados colmillos, sino que también le lanza tarascones. Ella retrocede despacio, sin querer llamar mucho la atención, no obstante, la rata con patas está acelerada y la acecha. Puedo ver el cuerpo de la criatura temblar con cada ladrido. Estúpidos perros histéricos. Seguro se asustó con todo el escándalo que armé por lo de la cucaracha. Debió de oírme a través de ese portón abierto y salió para atacar lo que sea que viera a su paso.

La muchachita, asustada, vuelve a chillar. Busco mi mochila en la oscuridad de la noche. La hallo a unos metros de mí. Saco de un tirón el destornillador. Esa rata de circo merece una lección por ser tan violenta. Grito para llamar la atención del caniche. Este, tan inteligente que es, se olvida de la chica y corre hacia mí, ansioso por compartirme sus gruñidos. Apenas me alcanza, hace el amago de morderme una pierna. Me muevo con rapidez y lo esquivo. Esa misma pierna la retrocedo lo más que puedo, apunto y disparo. Una patada directa hacia la cabeza que lo derriba en una explosión de sangre. Vuela y cae medio metro más adelante. Recostado, empieza a gemir con lástima. Me acerco hasta él, ella también lo hace. Se cubre la cara con las manos. No estoy muy seguro de si esconde alegría o tristeza. Agachado en cuclillas, acaricio su lomo. El perro me gruñe, pero no intenta morderme. Acomodo el destornillador sobre el pelaje mientras observo con una sonrisa diabólica a la chica. Ella, pálida, se queda congelada. Ni niega ni asiente.

Procedo a acribillar el cuerpo con la punta de metal. La carne cede con tanta facilidad que se vuelven adictivos los movimientos de clavar y sacar a velocidad. En mis oídos, suena la vengativa melodía de "Lacrimosa" de *Mozart*. No obstante, soy consciente de los alaridos que produce la muchachita, de los chillidos del animal en el encuentro con la muerte y de las discusiones que provienen del interior del portón, acerca de dónde está su preciada mascota y por qué oyen a un animal sollozar de forma tan lastimera. Termino con la carnicería, las manos y mi desgarrada camisa manchadas de sangre, y me paro. Tomo mi mochila, guardo el objeto punzante. Antes de huir, miro a la chica con fijeza. La locura de mis ojos le transmite una silenciosa amenaza. Ella, de forma obediente, detiene el llanto, asiente con la cabeza y escapa en la dirección opuesta a la que venía. Parece que ya perdió el miedo a que le robe por la espalda y, sin dudas, también olvidó su cojera. Me río. Es el coro final. Llego a la esquina, cruzo la calle y recorro a zancadas la última cuadra que me separa de la casa de mi novia. Tengo la mirada puesta en el cielo de noche, en una luna que no existe. Le oigo decir que está por morir.

—¿Qué? —Su voz suena agitada, apenas audible.

—Sí, amor. La luna está por morir. ¿No la ves? ¡Allí, en el cielo! Está en cuarto menguante o, bueno, en uno de sus últimos días. —Ella señaló la delgada medialuna blanca que brillaba en medio de la oscuridad, visible a través de la ventana abierta de par en par.

Paró de besarla en el cuello, para alzar el rostro. La observó confundido, casi con repugnancia— ¿Me estás tomando el pelo, Morena?

—¿Eh? No, para nada. Solo… solo dije una curiosidad.

Detuvo los movimientos en seco. Todo el entusiasmo y la calentura se habían borrado de sus pupilas. Negó con la cabeza. El sudor se le secó en un segundo, por lo que la piel le quedó cubierta con una instantánea capa de repulsión. Intentó alejarse, pero su novia lo tenía preso entre las piernas.

—Soltame.

Lo apremiaba la urgencia de salirse de su interior lo más rápido posible.

—No, no, está bien. Me callo y seguimos.

—¡Soltame, mierda!

Ella le hizo puchero con los labios, un gesto que delataba la evidente tristeza que sentía por, otra vez, arruinar un momento íntimo con su pareja. Desenredó las piernas de su espalda para que él pudiera salirse. Un breve e imperceptible suspiro de alivio se escapó de los labios de Morena. Sin embargo, este fue velozmente cubierto por su comentario.

—Odio cada vez que me llamás por el nombre completo, pero prefiero eso a que me insultés.

—¿Así? ¿De veras? ¡Morena Luna Dumé! ¡Morena Luna Dumé! —chilló de forma burlona. Se había acostado a su lado y profería las hirientes palabras con la mirada puesta en sus ojos azules.

—¡Ya! No seas jodón.

—¡Morena Luna Dumé! ¡Morena Luna Dumé! ¡Una estúpida muñeca de trapo inútil para coger! —Giró a la derecha y se sentó al borde de la cama. Le habló de espaldas, en un tono más calmado que el de recién—. Te juro que le pongo toda la onda, pero sos la naranja más seca que he chupado. Se me baja con solo oírte hablar. No me queda otra que empezar a usar tapones de cera.

El joven se levantó a buscar los calzoncillos por el suelo. Estaba oscuro, pero los encontró rápido. A continuación, rastreó el paradero de las bermudas de *jean*. Un suave e interrumpido sollozo rompió el silencio de la habitación. Negó con la cabeza una segunda vez y se colocó el cinturón.

—Tengo los huevos al plato de tanto oírte llorar. ¿Por qué no te callás de una vez?

El llanto de Morena incrementó su volumen.

—Perdón. Perdón. ¡Perdón! En serio, yo… yo voy a mejorar para la próxima. Lo prometo.

Con el torso al descubierto, se acercó hasta ella para tomarla de la mandíbula violentamente. Las yemas de los dedos se mojaron con las olas de lágrimas que descendían de sus océanos oculares.

—Una curiosidad más y te dejo.

—No, no, no —balbuceó—, lo prometo.

La soltó de manera brusca.

—Siempre la misma mentira. Estoy harto. —Tomó la remera, encajó los pies dentro de las *crocs* y salió del cuarto. Cerró de un portazo.

Morena se quedó sola, desnuda y en posición fetal como un bebé, a los lloriqueos como un crío recién nacido en su primera noche de soledad. Sentía el cuerpo débil, incapaz de hacer otra cosa que no fuera llorar. Los mocos le bajaban por las fosas nasales, pero ella se los limpiaba en la almohada. Los párpados se le hinchaban y los ojos ardían. Los labios, con mucha lentitud, comenzaron a recobrar fortaleza. Ya no estaban presos de los movimientos involuntarios del llanto, sino que trabajaban en conjunto con la lengua para articular pares de sonidos. Eran las palabras nunca antes dichas las que, en ese instante, se oían a susurros.

—Eso soy… Eso soy… Él tiene razón, soy una mierda, una estúpida muñeca de trapo. No soy sexi ni fogosa, no sé gemir apasionadamente ni… ni siquiera siento pasión en mí misma como para fingir que llego a un orgasmo. —Suspiró de forma entrecortada—. Por más que lo intento, no me aguanto las arcadas cuando se la chupo y eso… eso le destruye toda la fantasía. Soy la peor novia del mundo. Eso soy. Yo. Yo, por más que me esfuerce, por más que piense en cuánto lo amo y cuánto me atrae, no logro…

Detuvo su confesión unos minutos, en los que golpeó con el puño derecho la almohada.

—Ya ni sé para qué me esfuerzo. No tiene sentido. Solo… solo empeoro con el tiempo, me pongo cada vez más nerviosa y olvido lo que debo hacer y olvido poner esas caras que le gustan y olvido disfrutar y… y todo se vuelve una puta tortura en la que cuento los minutos que restan para que él termine. Lo paso muy mal. Lo paso muy muy mal y… y todo por ser una insegura de mierda. —Limpió su nariz en la sábana—. Me merezco lo peor, lo peor del universo. Pero es que… no puedo evitarlo. Termino arruinando cada una de nuestras garchadas para que acaben pronto, lo más pronto posible porque ya no me aguanto tanto dolor. Ya no lo soportaba más y tuve que salir con la tontería de que la luna es un símbolo del renacimiento y permanece tres días muerta, antes de renacer más blanca y brillante que nunca… Un dato de mierda, como yo.

Afuera del cuarto, en el sofá del *living*, la pareja de Morena limpiaba las manchas blancas con papel higiénico. Algunas ya eran clásicas, pero otras eran demasiado notorias. Una vez hecho, se subió el cierre de las bermudas, acomodó el botón y ajustó el cinturón. Luego, se encaminó al tacho de la cocina para arrojar los desechos. Volvió. Se sentó enfrente de la computadora y empezó a cerrar todas las pestañas que había abierto. La última era la del *WhatsApp*. Un mensaje del grupo "La taberna de Moe" llamó su atención. Popeye preguntaba si alguien estaba disponible para unas cervecitas después de la medianoche, hora en que su turno acababa. Él contestó de inmediato. Su amigo envió un *sticker* de un perrito bailando en respuesta a la afirmación de ElGatoConBotas.

Sin ánimos de cruzar palabras con su novia, decidió irse con lo que tenía puesto: las *crocs* de entrecasa, el celular, la billetera y las llaves del auto. Aunque la casa fuera suya y la visita fuera Morena, prefería ser él quien huyera por el garaje, antes que tomar la responsabilidad de irrumpir en la habitación para echar a la llorona a la calle. Entonces, aun cuando faltaran dos horas para que el turno de Popeye finalizara, él ya se encontraba de camino al lugar. Su amigo era mozo en un bar del centro, cuyo nombre coincidía con el del grupo de *WhatsApp*. Era costumbre, por lo tanto, juntarse allí a cenar y quedarse, luego, en el baile que se formaba a partir de las doce, cuando retiraban todas las mesas y la música cambiaba.

Era domingo por la noche, por lo que las calles estaban repletas de vehículos. Tuvo que estacionar a la vuelta de la esquina. Se bajó y caminó. Un gigante *Moe* con una guitarra 3D en las manos, ubicado en un cartel a tres metros de altura, le indicó que ya había llegado. Ingresó. Se acomodó en una mesa del fondo, tras pedirle una hamburguesa con papas al mozo de antebrazos anormales. Al ratito, le trajo la orden y, de la mano del brazo tatuado con un ancla, una cerveza. Le dijo que la bebida iba por cuenta suya. Pasadas las horas, entre comentarios interrumpidos y algunos *reels* de por medio, Popeye lo mandó a moverse a la barra, así podían conversar con tranquilidad.

—Mis piernas, boludo. —Se frotó las rodillas— No te dan ni un minuto para sentarte.

—Seguro. Los culpables son los clientes y no los cien kilos en sentadillas.

Popeye se rio. Destapó una Andes Origen Ipa y les sirvió a ambos.

—¿Y vos? ¿Para cuándo una nueva minita?

—No… no sé. —Colocó las manos detrás de la cabeza y se estiró para atrás.

—Dale, no te hagás. Por algo te apodamos el gato con botas.

—No sé, no sé. Estoy cansado, jefe.

—¿Cansado de qué, boludo? Si te has comido a cada preciosura…

—Sí, pero una más loca que la otra. —Se refregó la cara con ambas manos. Luego, negó con la cabeza— Vos vieras, Popeye, tengo una puntería fenomenal. Mina de la que me enamoro, mina a la que se le destapa la locura. Y después, olvidate. Es un quilombo cortarles, porque se vuelven insoportables, algunas se ponen violentas…

—¿Cómo la de la rosa negra?

—Exactamente.   Entonces,   prefiero reservarme un poco y esperar a que una normal se me acerque.

—Y, pero ¿cuál es el problema con la de ahora? —Bebió el último trago de cerveza de su vaso.

—Es la rompepasiones. No ha habido ni una sola vez en la que hayamos podido terminar de coger como una pareja normal. Siempre la caga en algún punto.

—¿Por?

—¡Porque sí! —gritó, la música estaba fuerte dentro del bar—. Estamos ahí, ¿cierto? y la cosa se pone caliente. Es una mina muy linda, muy bien equipada y la cosa se presta para eso. —El otro asintió— Pero resulta que se pone tarada, empieza a hablar estupideces y me la baja. Si tan solo pudiera permanecer callada, yo podría terminar en paz.

Popeye lo observaba con los ojos entrecerrados, en tanto se acariciaba la barbilla.

—Gato, creo que te tengo la solución. Te va a parecer un poco inusual, pero creeme que funciona. Tomate la cerveza mientras te cuento.

Tres días después, la noche del penúltimo día de octubre, Morena fue invitada a la casa de su novio. Él le dijo que buscaba reconciliarse con ella. No obstante, sus verdaderos planes eran otros. Popeye le había recomendado buscar a una *youtuber* amiga suya que hacía *asmr* erótico. Su nombre era Mellany. Él, en un inicio, desconfió de la sugerencia. Para escuchar gemidos y cuerpos en movimiento, prefería ver porno. Aunque, terminó cediendo tras ver una foto de ella. Era la chica más hermosa que había visto en su vida, con los ojos más inocentes y dulces y los labios más apetitosos. En sus videos, estaba aún más preciosa. Todo en ella era pequeño y tierno. Los suspiros, las sonrisas después de cada gemido, las lamidas y los besos a la cámara. Era exquisito, pero demasiado breve. Se los consumió en un par de horas.

A continuación, descubrió la sección de los *roleplay*. Allí, los conjuntos que utilizaba eran despampanantes. De distintos tamaños, estilos y colores, combinaban con las actuaciones que realizaba. En ocasiones, era callada y tímida, en otras, chillona y exagerada, aunque en los últimos era mala y dominante. El joven se dejó atrapar por los mundos que ella le presentaba, imaginó a su lado los cientos de escenarios en los que podría vivir esas aventuras y los completó con deseos propios. Se hallaba fascinado con su trabajo tanto que, los dos últimos días, se los pasó yendo y viniendo en contracciones, encerrado en la casa. Solo cuando hubo acabado con la totalidad de su contenido, le pidió a Popeye el contacto. Tenía una petición especial para solicitarle. Quería que interpretara a una novia entregada, sensible con las caricias y expresiva con las sensaciones que experimentaba. Anhelaba una novia que lo incentivara a terminar. Ella accedió.

Para la noche del treinta de octubre, Mellany ya había finalizado el video y lo había subido a la página de *YouTube*. Además de ser eficiente con el tiempo, pues no demoró ni diez horas en enviar el producto terminado tras recibir el pedido, se lo dedicó particularmente a él. Era su nombre el que llamaba a susurros.

—Bueno, ahora que nos hemos reconciliado, me gustaría que durmiéramos juntos.

Morena aceptó. Habían tenido una romántica cena a la luz de las velas, en la que él se había disculpado en repetidas ocasiones. Creía, entonces, que se lo merecía por ser un buen novio. No le era muy difícil adivinar lo que iba a suceder apenas se apagara la luz. No obstante, trataría de aguantar un poco más que la vez anterior, debía de hacerlo por el bien de su relación.

Mientras ella se cambiaba de ropa, su pareja aprovechó para colocarse los auriculares inalámbricos. Dio inicio al audio y escondió el celular en la mesa de luz. Había observado parte del video con anticipación, por lo que ya tenía en mente la imagen de Mellany en ropa interior.

Una suave voz de niña lo llamó.

—Pablo… Pablo, ay, Pablo…

Los pelos se le pusieron de punta. No estaba al tanto de su nombre en el audio. Ella le imploraba que fuera a su lado, que la abrazara porque se sentía muy sola. Por lo tanto, él fue y se pegó a la espalda de Morena, quien todavía estaba a medio vestir. Acarició la aterciopelada piel del torso, previo a meter las manos por debajo del corpiño. Mellany gemía despacito. Le pedía que no la tocara de esa forma o se volvería loca. Pablo gruñó y la besó con furia en el cuello. Ella se rio.

—Me encanta cuando te ponés así, impaciente por degustarme.

—¿Impaciente, yo? —le preguntó a su novia, como si hubiera sido ella la del comentario—. Jamás. Solo deseoso de comerte toda.

Bajó por la cintura. Cuando se vio detenido por el *short* de algodón, lo deslizó sin prisa, junto con el calzón. Allí, aprovechó para morderle una nalga. La piel de la zona se tensó y unas manos intentaron despegarlo, sin embargo, él no reparó en eso. En su cabeza, se oía la voz de Mellany diciéndole que no lo hiciera tan fuerte o se mojaría demasiado rápido. Pablo apretó aún más los dientes y ella gritó.

—¿Hasta cuándo vamos a seguir con esta previa? —le consultó con agitación, cerca del oído—. Me muero de ganas de entrar.

—Espera, amor. Primero, necesitás calentarme bien, humedecerme bien.

—¿Qué debo hacer, entonces?

—Golpeame.

La respuesta no se hizo esperar. Empujó a Morena boca abajo sobre la cama, tomó una de sus *crocs* que estaba en el suelo y procedió a pegarle firme y parejo sobre el trasero. Mellany chillaba justo después de cada impacto. Su respiración era entrecortada, interrumpida por las solicitudes de "Más fuerte, más fuerte".

Luego, ella soltó— ¡Ya! ¡Ya! Necesito que entres ahora mismo, ya no aguanto esta separación. ¡Entra y dame con todo! No quiero salir de aquí caminando.

Pablo sujetó a su novia y la arrastró hacia él, al borde de la cama. La puso con las rodillas en el suelo, el pecho sobre el colchón y el trasero sobresaliente en dirección suya. Ingresó a su vagina en seco. Mellany lanzó un grito como nunca antes él había escuchado. Aquello era una buena señal. Empujó, empujó, empujó y empujó cuántas veces ella le rogó. Más profundo, más potente. Hasta que, en un momento, ella exclamó que aquello ya no le era suficiente. Quería que la ahorcara. Pablo exhaló de placer ante esa innovación. Estaba maravillado. Nunca antes había cogido con tanta pasión.

Estiró los brazos hacia el cuello de su novia, pero la posición era incómoda y Mellany se ponía impaciente. Salió de Morena, se levantó y a ella le dio vuelta. Boca arriba, con las piernas abiertas era más sencillo cumplir con el objetivo. Sus ojos estaban pegados a la garganta. No le importaba ver el rostro, pues sabía que era el de una Mellany excitada y satisfecha con su accionar. Comenzó a presionar con violencia, en tanto la embestía a un ritmo constante. Las manos alrededor del cuello se cerraban cada vez más, en la medida en que ella se lo pedía. Su cuerpo se retorcía bajo el suyo, temblaba de éxtasis. Pablo no supo aguantar más y liberó la primera carga. Estaba tan contento que lloraba de alegría. No obstante, como el audio aún no terminaba y él seguía repleto de ganas, continuó con la tarea hasta mucho después de que el cuerpo de su novia hubiera dejado de moverse.

Se hizo la medianoche del treinta y uno de octubre. La luna acababa de morir.

—Nunca dije que fuera un elfo bueno —afirmó el novio de Morena, tras ver el resultado final del mejor sexo que tuvo en años.

Durante los siguientes tres días, el cadáver permaneció escondido en el *freezer* del garaje de Pablo. El plan era esperar hasta el domingo a la madrugada, horario en que la gente dormía, para trasladar el cuerpo a la casa de su amigo. Él sabía bien cómo concluir el trabajo. Sin embargo, horas antes de que sonara la alarma, un griterío masivo lo despertó. Había gente corriendo por las calles, las notificaciones de *X* e *Instagram* tronaban en su celular, el noticiero era un desfile de imágenes catastróficas en distintas partes del mundo. La causa era furor en todo el planeta. Rápidamente, Pablo comprendió lo que sucedía. La Luna había dejado de moverse en su órbita alrededor de la Tierra. Había detenido el desplazamiento en la fase lunar novilunio, es decir, que no se la veía en el cielo. La noche era plena.

El caos era generalizado. Había *tsunamis* masivos y otros eventos extremos, cambios drásticos en el clima de algunas zonas, lluvia de meteoritos debido a las fuerzas gravitatorias y cientos de locos que sembraban, en las redes sociales, el miedo a ser impactados por la Luna. Pablo buscó un bolso y empezó a llenarlo con provisiones. Se acercaba el fin de una nueva era y él lo sabía.

—¿Por qué habrá muerto nuestra Luna? —se preguntaba, mientras intentaba contactarse con Popeye.

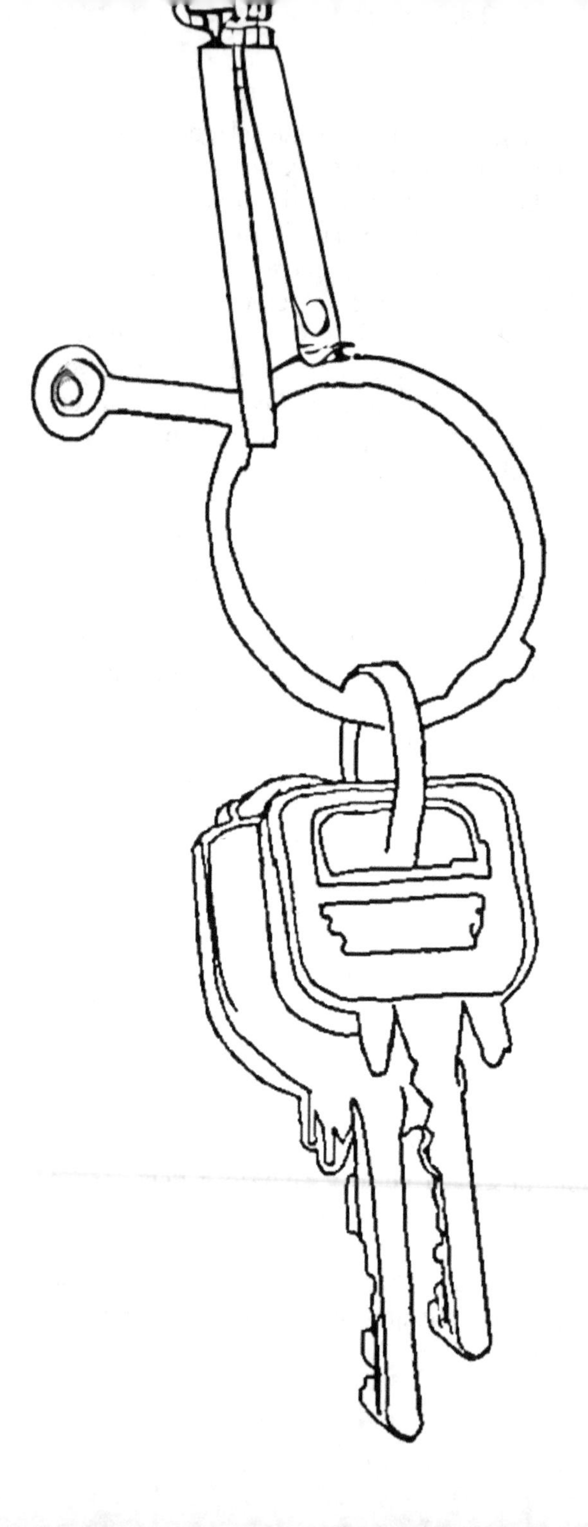

Una noche de esas

Casi sin aliento, llego a la mitad de la segunda cuadra. Respiro hondo. Me siento tan bien, tan feliz. Exhalo. El corazón me golpea el pecho con firmeza y de forma acelerada. Inspiro. Percibo la adrenalina dentro de mis venas, en carrera por alterar hasta el último centímetro de mi cuerpo. Exhalo, pero, en vez de realizarlo con lentitud, lo hago con una enérgica risa. ¡Estoy extasiado! ¡Estoy contento! No sé por qué me encuentro tan inquieto, no obstante, lo disfruto. Me dan ganas de gritar, de saltar, de agitar la cabeza hasta marearme. Lo hago, por supuesto. Como un loco, comienzo a correr en círculos, con los brazos alzados y la boca abierta. Chillo de la felicidad. Doy un par de vueltas. Luego, me acuesto en el suelo, boca arriba, para descansar sobre el duro suelo. Mi torso queda al descubierto. Me río despacito. La alegría que sentía se ha multiplicado, en lugar de disminuirse. Me siento vivo, me siento imparable. Hacía tiempo que no me sucedía aquello. Desde… desde que pasó eso, tres años atrás. Más de mil días de contención, sin poder experimentar esta euforia.

Alzo una de mis manos ensangrentadas hasta posarla enfrente de mi cara. Está sucia y no solo de tierra. La acerco a mis labios. Me lengüeteo la palma. El gusto se me hace conocido. Niego con la cabeza. Esto no me gusta. La sonrisa se borra de mi cara. El corazón, que antes latía de emoción, ahora lo hace con temor. Empiezo a recordar cosas que no me agradan. Una precoz hipótesis se establece en mi mente, una potencial explicación de por qué me sentía tan extasiado tras acribillar al perro y de por qué ahora me invade el temor. Aquella posibilidad me pone nervioso. Me gustaría desecharla por irreal, aunque, si tengo en cuenta lo que ha sucedido hasta el momento, no puedo. Me siento sobre las baldosas de cemento. Miro la hora en la pantalla de mi celular, tras extraerlo del bolsillo. Son las diez y diez. Mi novia no va a abrirme la puerta, aun cuando toque el timbre cinco veces. Por lo tanto, debo hacerlo con mis llaves. Me paro. Vuelvo a respirar hondo, sin embargo, esta vez lo hago serio y con el miedo a flor de piel. Estoy sudando.

Me hallo a un metro de la entrada del complejo de casas. Apresuro el paso por pura ansiedad. Llego hasta las rejas, una larga fila de barrotes descoloridos de dos metros que frenan el paso de los desconocidos. En su interior, se esconden una media docena de casas. La penúltima es la de mi novia. En medio del enrejado, hay un portero eléctrico con los números de cada propiedad. Podría presionar el quinto botón, no obstante, sé que es inútil en esta ocasión. Solo unos pocos, es decir, familiares y amigos de los dueños conocen el número que deben tocar. Y, solo los más afortunados, tienen una copia de la llave de la reja. Así, pues, la introduzco dentro de la cerradura, giro y empujo. Se cierra mis espaldas. Doy unas cuantas pisadas por el camino de tierra. Desde mi lugar, puedo observar con claridad la puerta de su casa semiabierta. Aquello no es normal. Por lo general, los dueños cierran sus puertas en un país tan peligroso como este. Se llama seguridad.

Estoy asustado. Dicha discordancia, metida en medio de la inalterable rutina de los miércoles, me trastorna. Su única constancia, la cena nocturna a mediados de semana, ha desaparecido. En su vida, nunca un día era igual a otro, sin embargo, este horario y esta costumbre se respetaba a rajatabla. Por el contrario, en estos instantes, comprendo que la situación ha cambiado. La delgada línea de normalidad se ha roto. Por ende, mi hipótesis comienza a cobrar veracidad. Hay una misma causa, un mismo objeto que explica tanto mi alegría previa como el miedo actual. Esa cosa me fascina y, a la vez, me aterra. Nada bueno sucede cuando me la encuentro. Por lo tanto, esa puerta semiabierta alerta mis sentidos. Casi que la percibo en el ambiente. Existen muchas posibilidades de que sea ella la que provocó la ruptura en la rutina de mi novia. De pronto, me nacen deseos de entrar a la casa y comprobar mis suposiciones. Sin embargo, sé que esa curiosidad no traerá nada bueno. Me encantaría ser un cobarde que huye de las discusiones, no alguien que las cause. Amaría ser un blandito al que pasan por encima y no una persona que aplasta sus problemas. Pero no lo soy.

Empiezo a trotar hacia la propiedad. A pesar de que lo siento como una eternidad, no estoy lejos de alcanzarla. De hecho, estoy más cerca de lo que me gustaría. Una vez que consigo llegar al escalón de entrada, lo subo de un salto. No obstante, ese ímpetu no es suficiente para derrotar el olor a tristeza que escapa de la abertura entre la puerta y el marco. Es tan fuerte que retrocedo sin pensarlo dos veces, apresurado por alejarme de ese aroma. Lo logro de la mejor forma, por supuesto, ya que doy un traspié al querer bajar sin ver y caigo sentado. El trasero me duele, es mi segunda caída en menos de una hora. Una pequeña nube de polvo se alza a mi alrededor. El olor a tierra no es suficiente para cubrir el otro, el repugnante. Aún lo percibo. Por un segundo, me siento como *Tanjiro*, con el olfato súper desarrollado para oler esa cosa. Y, al igual que él, una bruma de recuerdos pasados me envuelve. Imágenes horrorosas se posan en mi retina. No quiero verlas. Me tapo la cara con ambas manos, pero no se borran. Agito la cabeza y nada. El olor, las visiones… ¡No otra vez!

No es la primera vez que sucede, no es la primera vez que me encuentro lleno de sangre en la puerta de la casa de mi novia. Fue hace tiempo. El vestido manchado de rojo de una. La remera de otra. Yo me revisaba bajo las uñas con nerviosismo. Fue todo tan rápido. La chica se fue y yo estaba de espaldas a ella, colorado de furia y con los puños cerrados. No se disculpaba, igual que su amiga. Entonces, pestañeaba y ya me encontraba de esa forma. No. No quiero, no quiero recordar. ¡No puedo! ¡No debo! Pero, entonces, mientras estoy luchando contra las memorias no deseadas, una de ellas toma cuerpo y aparece por detrás de la madera. Es una jovencita pelinegra, de cara seria. Viene hasta mí, se agacha, me toma del cuello de la camisa roja, pues perdió su color azul, y me saluda con un beso. Yo me relamo los labios, apenas ella se aleja. Es exactamente el mismo sabor a fresas que recuerdo de sus labiales. Usa un hermoso vestido negro hecho a mano que combina con su belleza. Le sonrío embobado, como siempre hice.

Sin hacer el más mínimo ruido, ella se adentra a la casa. Yo me apresuro a seguirla. Sé que es un fantasma, pero es un fantasma querido. Su encanto ha permanecido intacto, en especial, los dientes de nena que escondía detrás de esa boca fruncida. Ingreso a la propiedad. Solo hay oscuridad en el interior, no me es posible verla, sin embargo, yo sé que está ahí.

—Maca, enciende la luz —le suplico—. Me gustaría verte sonreír, como en los viejos tiempos.

No responde.

—Por favor, regálame una sonrisa como las de antes.

La habitación se ilumina en un instante. Ella se halla enfrente mío, con los labios separados y los dientes al descubierto. Está contenta. Las manos ennegrecidas por el carboncillo exponen esa felicidad. Dibujar es su pasión, es su alegría diaria. Sin el papel áspero y las barras de carboncillo, los días toman un tinte colorido que la deprime. El negro es su color favorito y es una experta en trabajar con sus diversas tonalidades. Detrás suyo, el caballete sostiene el dibujo de un hombre en una posición un tanto extraña. Por lo tanto, le repito una pregunta que le hice algunos años atrás.

—Es un trabajo práctico —responde ella—. Tenemos que dibujar a una persona en cinco posiciones distintas y desde distintos ángulos. El Hugo nos pidió que priorizáramos la creatividad.

Y solo entonces, caigo en la cuenta de lo que está sucediendo. Miro a mi alrededor. Esta habitación no es la de mi novia actual, sino de mi primera novia, Macarena. Está igual que como la recuerdo. En una esquina, hay pintado un enorme árbol sin hojas y de color negro que llega al techo. Las cortinas también son oscuras. La madera del suelo está desgastada de tanto rasparla con el estropajo para quitar las manchas de pintura. La frazada de *Game of Thrones*, con *Daenerys* en el centro sentada en el trono, descansa en el suelo, hecha un bollo. Las sábanas están destendidas. En el medio de la cama, completamente desnudo, hay un chico muy flaco que cubre sus partes con la almohada que yo siempre uso. Vuelvo la vista al dibujo y lo comprendo. Él es el modelo que hasta recién debió de mantener la erótica postura. De piernas abiertas sobre el cojín, cuello estirado y una cara contraída, retrataba el placer que sentía al estar masturbándose con la almohada.

Algo debió de cambiar en mi cara, porque Macarena se apresura a dar explicaciones.

—El otro día te pregunté si te animabas a ser mi modelo, pero me dijiste que ni loco ibas a ser objeto de crítica de mis compañeros y profesores. —Encoge los hombros— Entonces, tuve que buscar a alguien que sí quisiera ayudarme.

Las mismas palabras que aquella vez pronunció. Permanezco en silencio, a la espera de presenciar la desaparición de su sonrisa y el retorno de la seriedad.

Cumple las expectativas y añade un último comentario. Lo repito mentalmente a la par de ella.

—No esperes disculpas de mi parte, porque no las vas a conseguir. Tú fuiste el que se negó a colaborar conmigo.

Le quito los ojos de encima. No puedo con esto. Es demasiado para mí, para un solo día. Doy media vuelta y me preparo para salir de la habitación. Quiero evitar la parte que sigue. No me siento capaz de soportarla. Busco el hueco de la puerta en medio de la pared, pero no lo encuentro. Palpo la superficie de ladrillo, voy de izquierda a derecha, de arriba abajo y nada. No encuentro la puerta por ningún lado. Me entra la desesperación. Comienzo a pensar que me equivoqué de pared, aunque lo dudo. No hay más áreas que esa. Son solo cuatro y una tiene la ventana, otra la cama y otra el armario.

—¡Déjame salir! —le grito a Macarena, sin verla.

No quiero voltear. No quiero voltear. Sé lo que hay a mis espaldas. Ya lo vi una vez, no deseo repetirlo una segunda.

—¡Mierda! Macarena, déjame salir. ¡No me jodas!

Ella me contesta con un grito desgarrador, un alarido tan agudo que quiebra las copas de champán de mi madre. Oigo su voz dentro de mi cabeza. Me retaba por haberme tropezado mientras cargaba con la torta de cumpleaños de mi hermano. Iba corriendo al comedor. Estaba a punto de alcanzar la mesa cuando pisé mal. La bandeja iba en mis manos. Esta voló y yo, por querer sujetarme de algún lado, me agarré del mantel, lo más cercano que había al frente a mí. La tela cedió ante mi peso. Una parte de la vajilla cayó conmigo, incluidas algunas copas que estaban al borde. Aquel fue un evento canónico, ya que le oí decir a mi madre, por primera vez, que yo no merecía nada bueno en la vida. Con el pasar de los años, ella explicó de varias maneras lo que significaba esa frase. Fuera a propósito o fuera sin querer, yo siempre terminaba por arruinar los momentos familiares, las oportunidades irrepetibles en la vida de mis padres, las chances de brillar de mi hermano y cualquier otra ocasión en la que podrían haber sido felices. Como consecuencia, la vida acabaría por pagarme con la misma moneda. Nada, absolutamente nada bueno vendría a mí.

—Ah, pero cuando algo semejara ser bueno —me decía a mí mismo—, sería, en realidad, la peor de las puñaladas. Una farsa que inventó la justicia para burlarse de mi ingenuidad, de mi inocencia al creer en la bondad de las personas.

Pero, entonces, la verdad acabaría por salir a la luz y, así, comprobaría que nunca voy a ser feliz porque no me lo merezco.

A continuación, Macarena profiere otro aullido de dolor. Yo me tapo los oídos para disminuir el impacto de su voz, no obstante, los golpes contra la pared retumban en la habitación. No hay forma de acallarlos. No son fantasmas los que chillan, sino que son los recuerdos de hace seis años atrás. Parece que hubiera sido ayer cuando sucedió aquello, pues me acuerdo de todo a la perfección. Incluso, de lo que sentí al ver al chico ese. No fueron celos hacia mi novia porque creyera que podía serme infiel. Tal vez lo fue, pero nunca quise averiguarlo. Por el contrario, yo me moría de envidia al ver al otro tan dispuesto a cumplirle los deseos a Macarena. Se lo veía tan confiado en su accionar, como si tuviera una especie de confirmación divina que validara como buenas cada una de las cosas que hacía y por las que estaba seguro de que recibiría bondades a cambio. Justo lo opuesto a mí. Si me ofrecía a posar, como no sé hacerlo, hubiera arruinado sus dibujos y, si me negaba a posar, hubiera arruinado aquella certidumbre suya de que podía contar conmigo en lo que fuera.

Siempre fue así. Nada de lo que hago está bien, nada de lo que hago es suficiente, por eso, nunca recibo nada bueno. Eso soy. Eso soy. Mi madre tenía razón, soy una mierda, un estúpido muñeco de trapo que no sabe actuar de forma correcta. Decepcioné a Macarena, fallé en mi papel de novio y ella me reemplazó por otro. De ahí en adelante, era obvio, ella buscaría a cientos de sustitutos que arreglaran mis faltas. Por último, acabaría por dejarme en la soledad. Me lo tenía merecido. Tal como con mi familia, yo le arruiné aquellos momentos en los que pudimos haber sido felices los dos. Hubiera sido divertido, lo admito, posar para ella. Nos podríamos haber reído tanto con sus locuras, tanto que esa sonrisa de nena hubiera brillado de felicidad. Sin embargo, no nací para disfrutar de ese tipo de alegrías. Solo sé cagarla. Por lo tanto, decidí terminar de estropear la situación y cortar de raíz el sufrimiento antes de verlo alargarse en el tiempo. Los maté a golpes. De esa manera, yo estaría imposibilitado de cometer más errores con ella. Ya no la decepcionaría ni le obligaría a afligirse por su amargado novio.

Me doy vuelta para observar los cadáveres. Hay sangre por doquier. A ella, le desfiguré la cara. A él, de la bronca, no quiero ni nombrarlo. Me basta con verlo. Sin quererlo, mis manos se cierran en puños, las ensangrentadas uñas se clavan en mi piel. Me duele esta escena. Me odio por haberla ejecutado a sangre fría. Me odio. Me odio. Por ello, tiro de mis rulos desde la raíz, pero el tormento no cede. Me quiero ir de esta habitación. Es suficiente. Necesito salir como sea, así, pues, o aparece la maldita puerta o rompo la pared. Giro sobre mi eje, con el objetivo de revisar las cuatro paredes del cuarto y no hay nada. Comienzo a sentirme mareado. Finalmente, me resuelvo por destrozar a patadas los ladrillos. Voy a salir de aquí, aun cuando eso signifique quebrarse varios huesos. En consecuencia, me posiciono enfrente de la pared vacía y me preparo para asestar un golpe. De pronto, una madera con manija se materializa como por arte de magia. Con un chirrido, se abre. Salgo lo más rápido que puedo, bajo la falsa ilusión de que me toparé con la casa de mi novia actual, no obstante, como parece que estoy en mi propio purgatorio, arribo a un lugar distinto.

El comedor de Camila es oscuro y viejo. La madera de nogal abunda en el lugar, lo que genera una monotonía de colores. Muebles, piso, sillas, marcos son de la misma tonalidad. Hay una araña en el medio del techo, sobre la mesa rectangular. Debió de ser lujosa en el tiempo de sus abuelos, sin embargo, en la actualidad, es un cacharro que desprende polvo si se lo agita. Hay decenas de cuadros de nenes y viejos muertos por todos lados, acompañados de miles de adornos de distintas partes del mundo. Dos muebles vitrinas exhiben la colección de vajilla china de la *yaya*. En una esquina del suelo, se encuentra mi segunda novia acostada boca arriba. Se le ha subido la remera hasta debajo de los senos. Estos se le marcan a través de la tela. Está en bombacha. A pesar de que su piel morena se mimetiza con el color del piso, resalta entre sus dedos el lillo blanco enrollado en un tubito. El extremo opuesto de este se convierte en ceniza con cada aspiración que ella da. Luego de unos segundos, un ligero humo escapa de los labios y nariz.

La chica a su lado se halla en el mismo estado, liviana de ropas y con un porro en la boca. Se ríe cada dos por tres, sin que nadie le diga nada, mientras que Camila está con la mirada perdida en la araña del techo. Mi yo del pasado, en ese momento, carraspeó para llamarles la atención. Aquello hizo que mi novia volviera a sí misma y notara mi presencia. Ahí nomás, echó a la otra. Una vez que estuvimos solos, se desencadenó una discusión muy fea que acabó en tragedia. La pelea empezó por su negativa a disculparse, igual que su amiga

Macarena. Dijo que, como yo me había negado a fumar con ella, se tuvo que buscar a alguien que sí quisiera. El impacto de su sinceridad fue todavía peor que la primera vez, ya que…

—¿Ya que qué? —pregunta mi novia de la nada. Hasta recién mantenía su posición en el suelo, sin embargo, en medio segundo, se levantó y ahora se encuentra enfrente de mí. La otra chica desapareció.

—¿Qué es esto, Camila? ¿Qué carajos te pasa? —Estoy asustado— Se supone que todo esto forma parte de mis recuerdos. ¡No deberías estar diciendo eso!

—Yo digo lo que se me re canta la gana, querido. ¿Te quedó claro?

No respondo.

Ella pone los ojos en blanco y se da la vuelta. Camina hasta la mesa, donde se sienta en una silla. Saca una de las frutas de plástico de la cesta del centro y comienza a comérsela.

—¿Y bien? ¿No vas a continuar recordando lo que sentiste cuando te hice enojar? Oh, no, cierto, me corrijo. No te hice enojar, solo te recordé lo miserable que es tu vida por creer que no haces nada bien. —El plástico es triturado bajo sus dientes con gran estruendo— ¿No? ¿Nada? Está bien, yo terminaré el monólogo por ti. —Procede a hablar en tono sufrido— "ya que fue una doble confirmación de las palabras de mi madre. Iban ya dos veces en las que me convencía de haber hallado la felicidad y dos veces que la vida me devolvía las porquerías que le hice a mi familia. Oh, si tan solo el mundo se detuviera al cerrar los ojos o las palabras se desvanecieran al cubrirme los oídos, podría seguir con mi mortal existencia en paz. Nada de disgustos ni decepciones. Sé que, si hubiera una forma de ignorar lo que está sucediendo, podría imaginar que soy feliz, al lado de mi novia, en tranquilidad y al calor de sus abrazos. Si lograra hallar un modo de reprimir el miedo que acecha mi estómago, de controlar las patadas de temor que golpean mis entrañas, tal vez podría sonreír. Y, en el caso de que consiguiera sonreír, también lograría fingir que soy un chico normal que visita a su novia, lo reciben con un beso y está contento con su normalidad, una pequeña burbuja aislada de la desgracia y el dolor del mundo. A salvo de los peligros y de los ridículos loquitos como yo, a los que nos asaltan las ganas de reventar todo, destruirlo a tiros, arrancar tripas con las manos y tragarlas crudas, cada vez que la cagamos en algo. ¿Porque saben qué? ¡No merezco ser feliz! Realmente, no lo merezco. No nací para esto. ¡Pobre de mí!" —Finaliza la actuación con el ademán de limpiarse las lágrimas de las mejillas. Al último, suelta: — Me salió bastante parecido, ¿o no?

No contesto. Todavía estoy sorprendido de la autonomía que tiene, siendo un recuerdo mío.

—Un novio más traumadito me tocó…

—¿Traumadito yo? —Aquello me ofende—. ¿Quién estuvo a los llantos día y noche por su amiguita muerta? ¿Quién se encerró en la casa, durante meses, como una ratita temerosa de ser capturada por el supuesto asesino serial?

—¡Y pues claro! —Escupe trozos de fruta—. ¿Qué esperabas que hiciera si de pronto me encuentro con que mi mejor amiga fue desfigurada a golpes y mi mejor amigo fue descuartizado? ¿Eh? Soñé con esas imágenes por semanas, imágenes que hasta recién no quisiste ver por miedoso. ¡Pero quédate tranquilo! Yo te las voy a enseñar.

Va hasta uno de los muebles vitrina. Debajo de las dos puertas vidriadas, hay tres cajones. Camila, muy convencida, abre el del medio. En lugar de haber manteles y bandejas, están los restos podridos del chico flaco que posó para Macarena. Yo me tapo los ojos sin pensar y retrocedo. Ella se ríe a carcajadas.

—¿Lo ves? Toda la Facultad de Arte, todos nuestros compañeros esperaban que yo fuera la siguiente. Casi que presagiaban que acabaría de la misma forma, pero no. Milagrosamente, apareciste tú a rescatarme de mi aislamiento. Me diste seguridad, amor y consuelo. Pude volver a las calles, gracias a que siempre estabas a mi lado. Oh, ¡mi príncipe encantador!

—Hasta que te decepcioné. —Bajo la cabeza, con tristeza.

—¡Ay! ¡Qué exagerado! —Habiendo acabado la manzana, se lame los labios y, a continuación, se los seca con el dorso de la mano—. Solo me dijiste que no te gustaba el porro y ya. No es el fin del mundo.

—¡Sí! ¡Sí es! Porque arruiné un momento especial, una actividad que podríamos haber compartido y que hubiera reforzado diez veces más nuestro vínculo. Sin querer, te di una razón para decepcionarte de mí, para que quisieras dejarme y reafirmar el hecho de que no merezco ser feliz.

—¡Otra vez lo mismo! ¡Me tienes cansada! A ver, no es culpa nuestra que tu madre haya sido una amargada con la vida y se haya descargado contigo. Todos la hemos cagado alguna vez, de hecho, lo hacemos más seguido de lo que nos gustaría admitir, pero, no por eso, creemos que estamos destinados a ser infelices para siempre. Yo vivía decepcionando a la gente y, aun así, nunca las quise matar con la idea de no decepcionarlas más. No seas ridículo.

—No, no. Es más complicado que eso...

—Sí, lo veo. Te la complicaste tanto que, de un minuto a otro, te autoproclamaste bajo el título de justiciero callejero. —Pone voz grave y trata de imitar su tono para decir lo siguiente— Todo aquel que la haga, debe pagarla, sin que eso esté mal. —Se ríe— Dime, ¿quién te dio el derecho de castigar a los que se portan mal? ¿Por qué no mejor te castigas tú mismo y fin de la historia?

—No, porque hay que evitar que la malignidad...

—¡Puras excusas! —grita—. Igual que lo de tu madre. Son excusas para encubrir que te fascina la sangre. ¡Te vuelve loco! ¿O acaso no lo has notado? No puedes negar esa euforia que sientes cuando tienes las manos llenas de sangre ni esa obsesión por imaginar historias plagadas de violencia y tripas. Disfrutas de hacer daño, pero no sabes por qué. Bueno, déjame que te explique.

—¡No!

—¡Sí! Tienes tanto odio acumulado hacia tu madre, tu familia y hacia la vida en general que cualquier persona que se cruce en tu camino termina bañada en sangre. Es así.

—Camila, no digas tonterías.

—¡Es la verdad! Tú primero matas y, luego, te inventas una razón para justificar el placer en el que te regocijaste al... al convertirlos en fiambre.

—Camila, compórtate. Mira que si no...

—Durante toda la conversación, la exaltación de mi novia fue en aumento, por lo que estuvo acercándose a mí de a poco. Era costumbre suya. Siempre que se emocionaba con un tema, debía decírtelo bien pegado a la cara y a los gritos. Observo esta cercanía y pienso que puede serme útil. Ella está a centímetros de mi cara.

—¡Nada! No puedes hacerme nada porque ya estoy muerta.

—¿Así? ¿Estás segura…?

Le doy un cabezazo duro y seco en la frente. Aquello hace que pierda la estabilidad. Eleva las manos para mantener el equilibrio. Me asombra la tangibilidad de su cuerpo, pues pensaba que, como todo recuerdo, sería igual de incorpóreo que los fantasmas. No obstante, al comprobar lo contrario, aprovecho para agarrarla del cuello. Sus ojos se iluminan de miedo, una deliciosa satisfacción para mi ego. Sin soltarla, la empujo contra la pared y presiono. Ella lucha, pero es en vano. Nunca fue fuerte. Cierro los dedos alrededor de su carne mientras Camila se ahoga con sus acusaciones. Falta poco para que muera, a causa mía, una segunda vez. Sin embargo, una titilación de la araña me distrae. Se genera un cortocircuito y la luz se apaga. El cuerpo de mi segunda novia se desvanece. Mis palmas chocan contra la lisa pared.

A continuación, la lámpara del ventilador de techo se enciende. El *living*-comedor se ilumina. Giro sobre mí mismo para mirarlo con atención. El escenario ha cambiado. Hay una mesa de madera circular rodeada de banquitos plegables. Sobre ella, hay comida desparramada y fuera de los platos. La parte restante de la vajilla se encuentra en trozos dispersos por el suelo. Al frente, la pantalla del televisor muestra una resquebrajadura en el centro, provocada por un objeto redondeado. A la derecha, se ubica el sillón y a la izquierda, la mesada de la cocina. La bacha está llena de trastos sucios y por encima de las alacenas se observan los táperes con la comida que sobró. En ese mismo lado, al fondo, hay un pasillo que lleva hacia el baño y las habitaciones. Reconozco el lugar. Es la casa de mi actual novia. Cierro los ojos y exhalo con tranquilidad. Hasta que por fin llegué a destino. Sonrío. Ya no hay más colectivos ni nenes pendencieros ni perros nerviosos ni recuerdos que impidan la finalización de mi viaje. Los vencí a todos. ¡He llegado! Más vale tarde que nunca.

Sin embargo, esa paz se acaba a los segundos. Caigo en la cuenta del desorden que hay dentro del comedor y de que, cuando entré, lo hice sin usar la llave porque la puerta estaba abierta. De repente, el temor se apodera de mis entrañas. Grito su nombre, pero nadie me contesta. Entonces, empiezo a buscarla por las distintas partes de la casa. Me meto en el pasillo y, de ahí, a las habitaciones. Están vacías. Voy al garaje y al jardín, aunque la situación no cambia. Vuelvo al *living*-comedor. Se me ocurre que hayan intentado robarle, por lo que ella haya tenido que defenderse o huir o realizar ambas acciones. Trato de contactarla al celular, no obstante, lo oigo sonar allí mismo. La música proviene del sofá, de entre los almohadones. Era esperable. Si huyó, lo más probable era que no tuviera tiempo de agarrar el móvil. Tal vez la hayan secuestrado, es una posibilidad, aunque no tan viable. Su familia no es ni rica ni está metida en asuntos políticos. Sería ilógico pedir rescate por un don nadie. Medito, por lo tanto, la opción de hablar con sus padres o vecinos para comprobar si saben algo de ella, pero tampoco le tengo tanta fe a esa alternativa. Sus progenitores están en la suya y los vecinos… bueno, ellos nunca ven nada ni se enteran de nada.

Me quedo en blanco. Se me acabaron las posibilidades estándares que una persona normal priorizaría. Ahora, vienen a mi mente otras opciones que solo yo tomaría en consideración. Al llegar a la puerta, percibí un olor a sangre bastante fuerte. Pero, como ya llevo una hora metido acá dentro, perdido entre ensoñaciones y recuerdos, es evidente que me acostumbré al olor y, por eso, dejé de distinguirlo. Otro aspecto a revisar son las apariciones. ¿Por qué razón los fantasmas de mis dos novias anteriores me sorprendieron justo hoy y justo en este lugar? Aún no puedo explicarlo. No sé si emergieron del Inframundo para advertirme sobre algo o para reclamarme el haber hecho algo en específico. Es muy raro. Por último, está el tema del baño. Yo pasé por allí y vi la puerta cerrada, sin luz en su interior. Acomodé la oreja y tampoco oí ruido alguno. Por ende, no consideré necesario entrar a revisar. De hecho, lo cierto es que no quise ingresar. Ahí, el olor metálico se siente más abundante y eso me asusta.

Pero, como no soy un cobarde, miedoso sí, pero nunca cobarde, a pesar de que anhele serlo, no me es difícil juntar la valentía para inspeccionarlo. La tarea es rápida. Tengo que realizar un considerable esfuerzo para abrir la puerta solo unos centímetros, ya que, al parecer, hay algo del otro lado que impide su correcta apertura. Apenas un poco y una sustancia oscura aparece por debajo de la madera. Vuelvo a cerrar. Deshago mis pasos hasta el sillón, donde me siento. Comienzo a entender lo que sucede. No hay que ser demasiado inteligente para comprender lo que pasó. De pronto, todo encaja.

El olor a tristeza, el remordimiento en forma de recuerdos, la facilidad con la que hoy me descontrolé de camino aquí… Tiene sentido. Mi corazón aún se encontraba poseído por la adrenalina de palpar sangre. Lo único extraño de la situación es mi falta de memoria. No recuerdo ni cuando lo hice ni qué le hice ni por qué lo hice. Debió de ser diez veces más traumático que con las otras dos, como para que lo olvidara por completo.

Me pregunto con qué la habré cagado esta vez, aunque mucho no me interesa. Lo importante es que ella ya no tendrá que aguantar más decepciones mías. Más tarde, cuando me disponga a limpiar, seguro vendrán a mi memoria las horribles imágenes del asesinato. Problema para mi yo del futuro. Él será quien, luego, sufra y se odie por su accionar y tenga pesadillas con los fantasmas de sus novias. Por el momento, me encuentro tranquilo, ajeno al dolor. De casualidad, observo de reojo un objeto rectangular tirado bajo la mesa. Miro bien y es una copia del mismo libro destrozado que vi en la biblioteca de la facultad, un par de horas atrás. Qué curiosa coincidencia, si es que así puede llamársele. Me agacho para recogerlo. Esta es una edición más nueva. Al menos, no pierde las hojas en el camino. La portada es amigable. Posee una linda ilustración de *Dafne* a punto de convertirse en un laurel, en tanto *Apolo* la sujeta de la cintura. Solo por la ternura que me causan los dibujos elijo darle una oportunidad. Me recuesto en el sillón con la copia en las manos. Voy a leer un rato, antes de ponerme a eliminar evidencia. Necesito un minuto de paz.

Y ya he acabado una obra que ni la ira de Júpiter, ni las llamas, ni el hierro, ni el tiempo voraz podrán destruir. Que cuando le plazca, aquel día que ningún derecho tiene sino sobre mi cuerpo ponga fin a la incierta duración de mi existencia: la parte más noble de mí se alzará perennemente por encima de los astros y mi nombre será imborrable.

Las metamorfosis, de PUBLIO OVIDIO NASÓN

Traducción de José Manuel García de la Mora, 1964, Editorial Vergara, Barcelona

*La pasión, la obsesión del llamado Darling
Rose, acosador, engendro y monstruo, había sido
tan extraña que transformó las flores en pétalos
de rosas.*

Perfect Blue: Complete Metamorphosis
de YOSHIKAZU TAKEUCHI´S

Agradecimientos

En primer lugar, quiero agradecerme a mí misma, Greyshut, por haberme animado a revelar al mundo algunas de las cientos de voces e historias que habitan en mi cabeza. Fue un camino largo y pesado, como el de cualquier escritor, pero, al final del día, fue el camino que me trajo hasta aquí. Me agradezco, también, por las horas de reflexión, de llanto, de frustración y reescritura que le dediqué a este libro, y por mis inagotables fuerzas a la hora de luchar contra el miedo a publicar. En segundo lugar, quiero darle las gracias a todas esas personas que me dieron apoyo emocional cuando creía que nunca llegaría a ver el libro impreso. A mi querido Bocho, quien estuvo presente durante el proceso de producción y me ayudó en la toma de decisiones sobre ciertos giros en la trama. A Martina, de quien nació la idea del diseño de la portada. A Mía, quien me dio trabajo durante unos días para poder pagar el libro. A don Matthew y el profe Joaco con su propuesta de sortear un lechón ficticio y hacer de stripper para recaudar fondos. A Marcelo y Pablito por su sabiduría y sus consejos de persona adulta. Además, le agradezco a la gente del Círculo del 2001, quienes me obligaron a escribir todas las semanas un cuento con una temática distinta. Finalmente, a Roberto por sus sugerencias, entusiasmo y libertad a la hora de editar la obra, y a Dino por realizar un bellísimo prólogo.